Hauptmann | Bahnwärter Thiel

Lektüreschlüssel XL

für Schülerinnen und Schüler

Gerhart Hauptmann

Bahnwärter Thiel

Von Mario Leis

Reclam

Dieser Lektüreschlüssel bezieht sich auf folgende Textausgabe:
Gerhart Hauptmann: *Bahnwärter Thiel.* Hrsg. von Max Kämper.
Stuttgart: Reclam, 2021. (Reclam XL. Text und Kontext, 16123.)

Diese Ausgabe des Werktextes ist seiten- und zeilengleich
mit der in Reclams Universal-Bibliothek Nr. 6617.

Lektüreschlüssel XL | Nr. 15456
2017 Philipp Reclam jun. GmbH & Co. KG,
Siemensstraße 32, 71254 Ditzingen
Druck und Bindung: Esser printSolutions GmbH,
Untere Sonnenstraße 5, 84030 Ergolding
Printed in Germany 2024
RECLAM ist eine eingetragene Marke
der Philipp Reclam jun. GmbH & Co. KG, Stuttgart
ISBN 978-3-15-015456-4

www.reclam.de

Inhalt

1. Schnelleinstieg

Autor	Gerhart Hauptmann (1862–1946), deutscher Schriftsteller und Dramatiker, einer der bekanntesten Vertreter des Naturalismus. 1912 Nobelpreis für Literatur
Gattung	Novelle (Novellistische Studie)
Epoche	Naturalismus (ca. 1880–1900)
Veröffentlichung	1887 verfasst, 1888 veröffentlicht
Ort und Zeit der Handlung	Ort: Umgebung von Schön-Schornstein, eine reale Ortschaft nahe der Spree im Gebiet der Gerhart-Hauptmann-Stadt Erkner in Brandenburg. Die erzählte Zeit umfasst insgesamt zehn Jahre, die Kernhandlung, das Zugunglück und der Doppelmord, nur die letzten drei Tage. Hauptmann bettet die Erzählung in den Kontext seiner Zeit ein: das Geschehen lässt sich nicht exakt datieren, die zweite Hälfte des 19. Jahrhunderts bildet den soziokulturellen Hintergrund.

Gerhart Hauptmann schrieb 1937 in seiner Autobiografie *Das Abenteuer meiner Jugend* über den Entstehungszeitraum seiner »Novellistischen Studie« *Bahnwärter Thiel* (1888): »Während mein zweiter Sohn geboren wurde, schrieb ich an einer Novelle ›Bahnwärter Thiel‹, die ich im späteren Frühjahr beendete. Sie wurde von Michael Georg Conrad in München erworben und in seiner Zeitschrift abgedruckt. Damit war ich als Schriftsteller in die Welt getreten.«[1]

Mit dem Erscheinen des *Bahnwärter Thiel* leitet Hauptmann, neben Autoren wie Arno Holz und Johannes Schlaf, die literarische Moderne in Deutschland erfolgreich ein.

Kritik am überlieferten Familienmodell

Was war das Neue am *Bahnwärter Thiel*? Der Autor provozierte sein Publikum in ungewohnter Weise: Für das Groß- und Kleinbürgertum war die – zumindest nach außen hin – harmonisch funktionierende Familie das Fundament der Gesellschaft. Die Titelfigur dieser Studie aber, der zunächst gutmütige, gottesfürchtige und ordnungsliebende Bahnwärter Thiel, zerstört dieses Weltbild mit dem Mord an seiner Frau Lene und ihrem gemeinsamen Kind. Dramaturgisch geht der Autor geschickt vor: Er konfrontiert zu Beginn des Textes den Leser mit der wohlanständigen Fassade des braven Kleinbürgers Thiel; schon der erste Satz der Novelle verdeutlicht beispielhaft die Normalität der Ausgangssituation: »Allsonntäglich saß der Bahnwärter Thiel in der Kirche zu Neu-Zittau« (S. 3). Im Verlauf der Novelle bricht dann *ein* Stück nach dem anderen aus dieser Fassade heraus, und der Leser bemerkt mit zunehmendem Unbeha-

1 Gerhart Hauptmann, *Das Abenteuer meiner Jugend*, in: G. H., *Sämtliche Werke*, hrsg. von Hans-Egon Hass, Bd. VII: *Autobiographisches*, Frankfurt a. M. / Berlin 1962, S. 1044.

gen, ja Entsetzen, wie Thiel und seine Familie unausweichlich ihrem Verhängnis entgegentreiben.

Ein Kleinbürger im Mittelpunkt

Neu war auch das Personeninventar der Novelle: »Ohne Zweifel ist die Wahl eines kleinen Bahnwärters zum ›Helden‹ einer tragischen Erzählung in dieser Zeit nicht nur eine ästhetische Provokation, sondern auch eine indirekte politische Parteinahme für die ›Unterdrückten‹ und ›Ausgebeuteten‹.«[2]

Die Umgangssprache wird literaturfähig

Hauptmann stellt das Kleinbürger-Milieu präzise dar, auch sprachlich. Er gibt die Umgangssprache und den Jargon seiner Figuren wirklichkeitsgetreu wieder. Gegen den sogenannten guten Geschmack und die elitäre bürgerliche Kunstauffassung ist Hauptmanns erzählte Wirklichkeit fast deckungsgleich mit dem sozialen Milieu seiner Protagonisten. So wird deutlich, dass Thiel durch sein soziales Umfeld, die Zeitumstände und seine Herkunft in seinem Handeln bestimmt wird.

Keine moralische Instanz

Der Autor beschreibt Thiels Zerfallsgeschichte über weite Strecken objektiv; in der novellistischen Studie gibt es daher keine moralische Instanz, die Thiels Verhalten wertet, kritisiert oder verurteilt. Die Leser müssen sich selbst ihr Urteil bilden. Daraus folgt, dass es viele individuelle Lesarten des Textes gibt. Sie werden sogar potenziert, weil Hauptmann sowohl traditionelle als auch moderne ästhetische Programme in sein Werk integriert. So finden wir realistische, natu-

2 Helmut Scheuer, *Gerhart Hauptmann: »Bahnwärter Thiel«*, in: *Interpretationen: Erzählungen und Novellen des 19. Jahrhunderts*, Bd. 2, Stuttgart 2008, S. 378.

ralistische, expressionistische und surrealistische Anleihen im *Bahnwärter Thiel.* Diese Mischung erschwert zuweilen die präzise Einordnung des Textes, schafft allerdings auch den Reiz, neue Verstehenshorizonte zu eröffnen. Der *Lektüreschlüssel* stellt einige Lesarten vor.

2. Inhaltsangabe

Thiel als treuer Staatsdiener und Ehemann

Der auktoriale (allwissende) Erzähler beschreibt auf den vierzig Seiten der Novelle etwa zehn Jahre aus Thiels Leben. In diesem Zeitraum leistet der fromme Bahnwärter, der jeden Sonntag in die Kirche geht, seinen Dienst gewissenhaft ab.

Gefährliche Züge

Nur zweimal kann er ihn nicht ausüben, weil er durch ein Stück »Kohle« und eine »Weinflasche« (S. 3), die von den vorbeifahrenden Zügen herabfallen, verletzt wird.

»Eines schönen Tages« (S. 3) taucht an Thiels Seite die schmächtige und »kränklich« aussehende Minna auf. Sie scheint, wie die Kirchengemeinde meint, zwar nicht »zu seiner herkulischen Gestalt« (S. 3) zu passen, trotzdem heiraten beide. Nach nur zwei Jahren aber stirbt seine Gattin im Wochenbett, ihr gemeinsames Kind, Tobias, überlebt. Ein Jahr nach Minnas Tod verheiratet Thiel sich erneut, und zwar mit Lene, »einem dicken und starken Frauenzimmer, einer Kuhmagd« (S. 4).

Thiels Ehefrauen

Ehezwänge

Thiel heiratet Lene, wie er dem Pastor berichtet, aus einem ganz pragmatischen Grund: »›Mit der Toten kann ich nicht wirtschaften […]! Der Junge geht mir drauf, Herr Prediger.‹« (S. 4)

Die zweite Ehefrau erweist sich dann auch, wie von Thiel erhofft, als »eine unverwüstliche Arbeiterin, eine musterhafte Wirtschafterin« (S. 5). Doch schnell zeigt sich, dass seine Wahl keine gute war, denn seine Frau besitzt eine »harte, herrschsüchtige Gemütsart« (S. 5), obendrein ist sie zanksüchtig und brutal leidenschaftlich. Thiel erträgt scheinbar phlegmatisch die hysterischen Ausfälle Lenes; nur wenn Tobias von Lene Unrecht geschieht, vermag sich Thiel zu wehren. Doch nach dem ersten Ehejahr gibt der Bahnwärter auch diesen Widerstand auf.

■ Lenes Charakter

Stattdessen erhebt er sein einsames Bahnwärterhäuschen zu einer Art Erinnerungskapelle an seine verstorbene Frau. Hier kann er ihrer ungestört gedenken, was »seine mystischen Neigungen« (S. 8) fördert. Tobias bleibt in seiner Entwicklung zurück; im zweiten Lebensjahr lernt er nur ein wenig sprechen und gehen. Als der Junge sich jedoch besser verständigen kann, erwacht Thiels Liebe zu ihm von Neuem, in den Monaten zuvor galt sie vor allem Lene. Sie ist deshalb eifersüchtig auf Tobias und straft ihn fortan mit »Abneigung« (S. 9).

■ Thiel flüchtet vor seiner Ehefrau

Ungefähr ein Jahr später bringt Lene einen Jungen zur Welt: »Von da ab begann für Tobias eine schlimme Zeit.« (S. 9) Er wird von der Stiefmutter ausgenutzt, wobei er körperlich zusehends verfällt. Die Dorfbewohner, die dieses Elend hinter ihren Fenstern beobachten, schweigen: »so wurden hinter den Fenstern der Hütten Verwünschungen laut, die sich jedoch niemals hervorwagten.« (S. 9) Lediglich besorgte Nachbarn

■ Tobias' Katastrophe

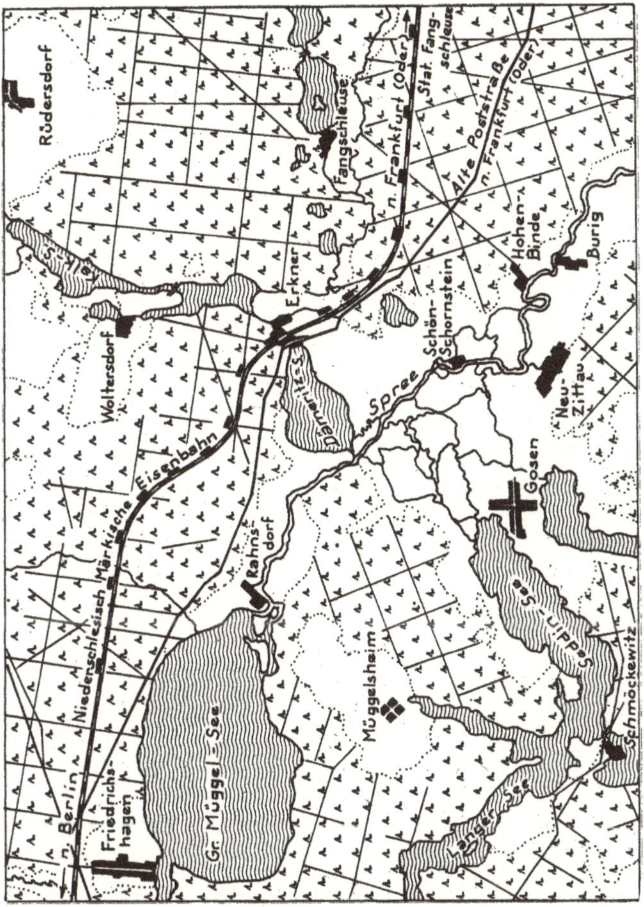

Abb. 1: Die Bahnstrecke Berlin – Frankfurt (Oder) – Breslau (heute: Wrocław) südöstlich Berlins um Erkner vor 1890. Thiels Wärterhäuschen ist östlich von Erkner, vielleicht zwischen Erkner und Fangschleuse, zu denken

▬▬ = Eisenbahnstrecke mit Blockstelle oder Bahnwärterhaus

machen Thiel durch »Winke« darauf aufmerksam, doch er scheint »keine Augen« (S. 9) dafür zu haben.

Thiel versagt als Vater

An einem Junimorgen empfängt Lene ihren Gatten, der gerade von seinem Dienst nach Hause kommt, äußerst missgelaunt, weil der Familie Thiel der »Pachtacker, welcher bisher den Kartoffelbedarf der Familie gedeckt hatte« (S. 10), gekündigt worden ist. Doch der Bahnwärter hat zur Überraschung Lenes schon ein neues Stück Land erhalten. Sein Bahnmeister hat es ihm überlassen, und es liegt in der Nähe von Thiels Wärterhäuschen. Die überglückliche Lene »schoss [...] davon, um die Neuigkeit im Örtchen auszusprengen.« (S. 11)

Thiel ist bei den Kindern beliebt

Nach dem Mittagessen geht Thiel mit seinem Sohn an die nahe gelegene Spree und spielt dort mit ihm und den anderen Dorfkindern. Er ist beliebt bei ihnen: »Die Kinder besonders hingen an ihm, nannten ihn ›Vater Thiel‹ und wurden von ihm in mancherlei Spielen unterrichtet, derer er sich aus seiner Jugendzeit erinnerte.« (S. 12)

Doch diese Idylle währt nicht lange: Am späten Nachmittag macht sich Thiel auf den Weg zu seinem Dienst, als ihm plötzlich einfällt, dass er sein Brot vergessen hat; und weil er nicht darauf verzichten möchte, marschiert er zurück in das Dorf. Schon als er sich seinem Haus nähert, hört er von Weitem seine keifende Ehefrau. Thiel schleicht sich an das Gebäude heran und wird Zeuge, wie Tobias brutal beschimpft und gezüchtigt wird. Als er in das Zimmer tritt, kann er sich trotz angestauter Wut nicht gegen seine Frau durchsetzen. Im Gegenteil: Lene redet ihm ein schlechtes Gewissen ein, weil er ihre Tat belauscht hat. Schließlich kapituliert der Mann. Tobias sitzt weinend in einer Ecke, doch sein Vater schenkt ihm keinen Blick. Das vergessene Brot in der Hand, macht Thiel sich kommentarlos auf den Weg zu seinem Streckenhäuschen.

Thiel lässt seinen Sohn im Stich

Thiels innere Unruhe

Als Thiel mit einer Viertelstunde Verspätung seinen Dienst antritt, richtet er sich für den Abend das Wärterhäuschen her und schließt für den herannahenden Zug aus Breslau vorschriftsmäßig die Schranken. Um seine innere Unruhe zu dämpfen, begibt er sich zu dem neuen Acker und beginnt, ihn umzugraben. Doch nach kurzer Zeit wird ihm bewusst, dass demnächst Lene in sein geliebtes Reich eindringen wird, um das Feld zu bestellen: »Und jäh verwandelte sich seine Freude über den Besitz des Ackers in Widerwillen.« (S. 21) Thiel bricht die Arbeit ab und versinkt, in seiner Bude angekommen, »in dumpfe Grübelei« (S. 21). Schließlich schläft er ein – und in einer Traumvision erscheint ihm Minna und wendet sich von ihm ab.

Zugunglück

Am nächsten Abend bahnt sich das Unheil an: Lene verkündet ihrem Mann, »dass sie am folgenden Morgen mit nach dem Walde gehen werde, um das Land umzugraben und Kartoffeln zu stecken.« (S. 27) Thiel reagiert verwirrt, bleibt aber stumm.

Familienausflug zu Thiels Heiligtum

Am nächsten Morgen bricht die Familie zu Wärterhäuschen und Acker auf. Der Bahnwärter ist übel gelaunt, weil es ihm nicht gelingt, Lene von seinem Heiligtum fernzuhalten. Allerdings findet er keine nachvollziehbaren Gründe, diesen Besuch zu vermeiden, und obendrein freut sich Tobias auf den Ausflug.

Lene begibt sich sofort an die Arbeit, sie gräbt den Acker zügig um, während Thiel seinem Sohn die Strecke zeigt, die er zu beaufsichtigen hat. Nach dem gemeinsamen Mittagessen im Wärterhäuschen muss Tobias den Säugling beaufsichtigen, während seine Stiefmutter Kartoffeln steckt und Thiel sich auf seinen Posten begibt. Er ruft ihr noch zu, sie möge aufpassen, dass Tobias »›den Geleisen nicht zu nahe kommt.‹« (S. 31) Lene antwortet mit einem »Achselzucken« (S. 31).

Tobias wird vom Zug überfahren

Der Bahnwärter erwartet den schlesischen Schnellzug an den Schranken, und von dort wird er Zeuge, wie Tobias von dem Zug erfasst wird. Lene ist für dieses Unglück verantwortlich, weil sie ihren Stiefsohn nicht beaufsichtigt hat. Nachdem der halbtote Junge von Lene und einigen Männern abtransportiert worden ist, kehrt Thiel in sein Wärterhäuschen zurück und versieht unter größter Selbstüberwindung seinen Dienst. Als er die notwendigen Handgriffe erledigt hat, um die Durchfahrt eines Personenzuges zu sichern, bricht er ohnmächtig zusammen.

Doppelmord

In den kommenden Stunden malt Thiel sich aus, was mit Tobias geschieht; er ahnt bereits, dass er nicht überleben wird. Halb besinnungslos vor Angst und Sorgen verlässt er seinen Posten, irrt auf der Bahnstrecke durch den Wald und spricht mit seiner toten Frau; er möchte Lene töten: »›mit dem Küchenbeil will ich sie schlagen, und da wird sie verrecken.‹« (S. 37)

Sein Hass richtet sich auch auf den Säugling, den er wenig später in dem Kinderwagen findet; wutentbrannt und außer sich würgt er sein Kind, lässt jedoch im letzten Augenblick von ihm ab. Kurz danach erfährt er, dass Tobias tot ist; wieder bricht er ohnmächtig zusammen.

Er wird in sein Haus gebracht, Lene aber ist wie umgewandelt: »Sie war überhaupt eine andre geworden. Nirgend eine Spur des früheren Trotzes.« (S. 42)

■ Lenes Sinneswandel

Als mehrere Männer einige Stunden später mit der Leiche Tobias' an Thiels Haus kommen, finden sie die Haustür offen. Als die Streckenarbeiter eintreten, entdecken sie Schreckliches. Mutter und Kind liegen mit eingeschlagenem Hirn bzw. durchgeschnittener Kehle im Zimmer. Der Mörder, Thiel, ist verschwunden; erst am nächsten Morgen wird er an der Unglücksstelle entdeckt, er ist wahnsinnig geworden. Thiel wird schließlich, nachdem er einen Tag im »Berliner Untersuchungsgefängnis […]« inhaftiert war, »nach der Irrenabteilung der Charité überführt« (S. 43).

3. Figuren

Bahnwärter Thiels Doppelexistenz

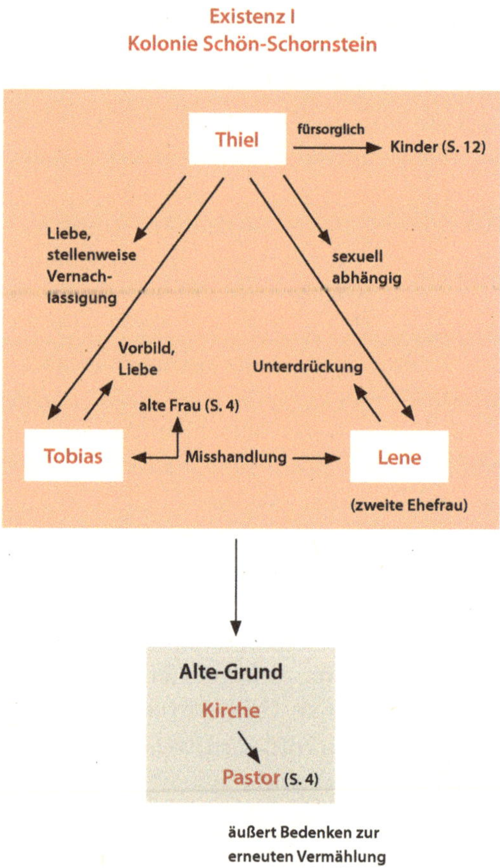

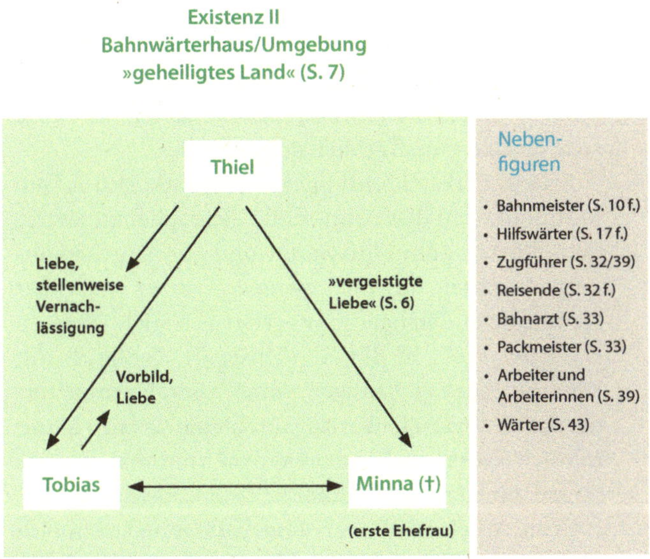

Erläuterung

Um den Konflikt mit seiner Gattin zu ertragen, flüchtet Thiel in eine Doppelexistenz: einerseits führt er die Ehe mit der dominanten Lene, von der er sexuell abhängig ist, zum anderen empfindet er platonische Verehrung für seine verstorbene erste Ehefrau. Solange es Thiel gelingt, beide Existenzweisen voneinander zu trennen, droht ihm und seiner Familie keine Gefahr. Lene darf auf keinen Fall, und das weiß der Bahnwärter, einen Fuß in sein zweites Reich setzen.

Abb. 2: Figurenkonstellation

Bahnwärter Thiel, nach dem die »Novellistische Studie« betitelt ist (seinen Vornamen gibt Hauptmann nicht preis), wird als phlegmatischer, gottesfürchtiger, eigenbrötlerischer, pflichtbewusster, gutmütiger und körperlich kräftiger Mann beschrieben. Im Widerspruch zu seiner kräftigen Gestalt stehen seine Willensschwäche und seine Passivität, die beide sein Verhalten maßgeblich dominieren.

■ Thiels Kontaktarmut

Sein Kontakt zu Mitbürgern beschränkt sich auf ein Minimum: Mit den Bahn- und Telegraphenarbeitern, dem Förster, dem Hilfswärter und den Dorfbewohnern wechselt er nur wenige Worte; auch der sonntägliche Kirchgang integriert ihn nicht, wie zu erwarten wäre, in die Gemeinschaft. Lediglich mit Kindern redet er häufiger. Seine Kontaktarmut fördert seine soziale Isolierung, Probleme vermag er nur mit sich selbst – mehr oder weniger irrational – auszutragen, und das führt schließlich zur Katastrophe.

Seine Arbeit erledigt er ohne Aufregung pedantisch und »mechanisch« (S. 18), so als ob er von ihr entfremdet sei. Sein Beruf bietet ihm keinen Halt, fördert also nicht sein Selbstbewusstsein.

■ Die Ehe mit Minna

Seine erste Ehe, die sich über zwei Jahre erstreckt, verläuft geordnet, sie bietet ihm Sicherheit. Doch nach Minnas Tod verändert sich Thiels Verhalten grundlegend, auch wenn die »Leute versicherten, kaum eine Veränderung« (S. 4) an ihm wahrgenommen zu haben.

Thiel, der in seiner zweiten Ehe von seinem körperlichen Verlangen dominiert wird und sexuell von

Lene abhängig ist, kann sich nicht gegen seine zweite Ehefrau durchsetzen, was ihn erheblich belastet. Da er einer offenen Auseinandersetzung mit Lene nicht gewachsen ist, kompensiert er seine Ängste und Schuldgefühle auf andere Art: Er genießt die Stunden an seinem einsamen Arbeitsplatz. Seine »mystischen Neigungen« (S. 8) spenden ihm dabei Trost, wozu vor allem die Verehrung seiner verstorbenen Frau gehört.

Thiels Mystik rund um Minna

Thiel ist nicht in der Lage, seine Probleme sprachlich zu reflektieren. Stattdessen verliert er sich in seinen Schuldgefühlen gegenüber seinem Sohn: »Mitleid und Reue ergriff ihn sowie auch eine tiefe Scham« (S. 22). Ihm gelingt es nicht, seinem Sohn zu helfen. Zuweilen kümmert er sich zwar liebevoll um ihn (S. 29–31), aber wenn es darauf ankommt, lässt er ihn im Stich und unterwirft sich seiner sexuellen Abhängigkeit gegenüber Lene. Er sehnt sich zwar nach dem Jungen, möchte ihm auch helfen, aber ihm fehlt die Entschlusskraft: »Zuletzt war er in steigender Bekümmernis um das Befinden des Jungen mehrmals versucht, den Dienst zu verlassen.« (S. 25)

Sein Versagen gegenüber Tobias

Als Tobias verunglückt, kann er seine Ängste und seine Trauer nicht sprachlich ausdrücken, vielmehr ist es bezeichnend, dass er in Ohnmacht fällt: »Am Ende sah er nur noch den zerschlagenen Jungen mit dem blutigen Munde. Dann wurde es Nacht.« (S. 35) Als die Katastrophe mit dem Doppelmord ihren Höhepunkt erreicht, bleibt Thiel als letzter Ausweg nur noch das Versinken in den mehr oder weniger sprachlosen Wahnsinn.

Thiel verkörpert einen bestimmten Menschentyp

Der Bahnwärter steht aber nicht nur für ein Einzelschicksal, sondern er verkörpert symbolisch einen bestimmten Typ, er steht »für viele Individuen mit seinem Leiden und seiner tragischen Verzweiflung, seinem kreatürlichen Verhältnis zur Natur und seiner Angst vor der Technik, mit seiner mystischen Versponnenheit und seiner ungezügelten Triebhaftigkeit, aber vor allem steht er als Symbolfigur für das ›moderne‹ Individuum.«[3]

Der Autor entwirft für Thiel ein differenziertes Psychogramm, Lene und Minna sind dagegen weitaus weniger komplex dargestellt. Beide entsprechen typischen, nahezu standardisierten Frauenbildern aus dem zeitgenössischen Trivialroman.

Die reale Minna

Minna. Der Erzähler beschreibt Minna in wenigen Worten: Sie ist »kränklich« (S. 3) und schmächtig – über ihr Innenleben erfährt der Leser nichts. Ihre Zeit mit Thiel wird gerade mal in 14 Zeilen (S. 3) beschrieben. Diese zwei gemeinsamen Jahre waren, so kann vermutet werden, für beide eine glückliche Zeit.

Die religiös verklärte Minna

Nicht umsonst stilisiert der Bahnwärter Minna nach ihrem Tod zu seinem geliebten Geschöpf, das religiöse Züge trägt. Die Tote hilft ihm für einen begrenzten Zeitraum, seine Schuldgefühle gegenüber dem gemeinsamen Sohn Tobias zu verdrängen. Dieses Verhalten ist fragwürdig, weil er seine realen Pro-

3 Scheuer (Anm. 2), S. 386.

bleme mithilfe dieser imaginären Minna lösen möchte und nicht mit seiner realen Familie. Minnas fiktionale Präsenz erschwert ihm das Leben zunehmend. Als sie sich in einem Traum (S. 24) von ihm abwendet, weil er Tobias nicht angemessen vor Lene schützt, nähert sich die Familientragödie ihrem schrecklichen Höhepunkt.

Im Unterschied zu Lene verkörpert Minna Thiels sublimiertes Frauenbild: »Lene und Minna sind eindeutig Projektionsfiguren eines Mannes, der bestimmte Frauentypen gerechtfertigt sehen will: Minna ist die verklärte, entsexualisierte Heilige; Lene die sexualisierte Frau, die proletarische Version des männermordenden weiblichen ›Vamps‹«.[4]

Psychologische Deutung

Lene. Die körperlich kräftige Lene scheint besser zu Thiel zu passen als die schwächliche Minna: »Die frühere Kuhmagd schien für den Wärter wie geschaffen. [...] Auch war ihr Gesicht ganz so grob geschnitten wie das seine, nur dass ihm im Gegensatz zu dem des Wärters die Seele abging.« (S. 5)

Äußerlich haben beide Gemeinsamkeiten, aber ihr fehlt die »Seele« (S. 5), sie ist bösartig. Das erkennen die »aufgebrachten Ehemänner« (S. 5) des Dorfes schnell, sie sehen in Lene eine Bedrohung der althergebrachten Familienordnung, in der Frauen nur eine untergeordnete Rolle einnehmen. Sie beschimpfen sie deshalb als »Tier«, das man »kirre« machen müsse,

Lene bedroht die traditionelle Familienordnung

4 Scheuer (Anm. 2), S. 404.

»wenn es nicht anders ginge denn mit Schlägen.« (S. 5)

Lene wird auf ihre körperlich-sexuelle Funktion reduziert: »Von dieser Kuhmagd gehen nämlich keine sexuellen Aktivitäten aus, es ist allein ihr Körper, der für die sinnliche Erregung des Mannes sorgt. Thiel ist derjenige, der von Leidenschaft getrieben wird«.[5]

Lene = Maschine

Lene wird als maschinenartiges Wesen beschrieben. Als sie den Acker umgräbt, geschieht dies mit der »Ausdauer einer Maschine« (S. 29). Ihre Macht über Thiel scheint, wie die des heranrasenden Zuges, »unbezwingbar« (S. 17). Helmut Scheuer stellt dazu pointiert fest: »Es ist schon frühzeitig erkannt worden, daß Lene in eine Ebene mit der bedrohlichen Welt der Technik gestellt wird, da beide mit der gleichen Bildwelt gezeichnet werden: Thiels Kapitulation vor der ›Kraft‹ seiner Frau wird mit dem Bild eines ›feinen Spinnengewebes und doch fest wie ein Netz von Eisen‹ erfaßt«.[6]

Thiel verliert seine Vaterautorität

Gegen Lenes herrsch- und zanksüchtige Art vermag Thiel sich nicht zu wehren: »Nach Verlauf eines halben Jahres war es ortsbekannt, wer in dem Häuschen des Wärters das Regiment führte.« (S. 5) Die sexuelle Abhängigkeit ihres Gatten nutzt Lene aus, schnell gelingt es ihr, Thiel zum Schweigen zu bringen.

Lenes Verhalten verändert sich nach dem tödlichen Unfall: »Sie war überhaupt eine andre geworden. Nirgend eine Spur des früheren Trotzes.« (S. 42)

5 Scheuer (Anm. 2), S. 406.
6 Ebenda, S. 403.

Tobias. Sein Leben steht unter keinem guten Stern, seine Mutter »war im Wochenbett gestorben« (S. 4), und die alte Frau, die sich um ihn kümmert, hätte ihn fast »verbrennen lassen« (S. 4). Obendrein hat das Kleinkind Entwicklungsdefizite: »erst gegen Ablauf seines zweiten Lebensjahres lernte er notdürftig sprechen und gehen.« (S. 9)

Tobias als hilfloses Opfer

Der Junge wird Opfer der unausgewogenen Beziehung zwischen seinem Vater und Lene. Tobias liebt seinen Vater, der aber nicht in der Lage ist, diese Gefühle auf Dauer zu erwidern, auch wenn er sich zuweilen rührend um seinen Sohn kümmert und hofft, dass er später beruflich erfolgreicher als er ist und »›Ein Bahnmeister‹« (S. 11) wird. Der Vater kümmert sich auch um die finanzielle Zukunft des Knaben, wie seinen Augapfel bewacht er Tobias' »Sparkassenbuch« (S. 13).

Thiels zweite Frau verachtet den unschuldigen Knaben (S. 9), und sie nutzt ihn aus, um ihr eigenes Kind zu behüten: »Er wurde besonders in Abwesenheit des Vaters unaufhörlich geplagt und musste ohne die geringste Belohnung dafür seine schwachen Kräfte im Dienste des kleinen Schreihalses einsetzen« (S. 9). Tobias verkümmert nicht nur psychisch, sondern auch körperlich, sein Gesicht ist kreidebleich und sein Kopf ungewöhnlich groß (S. 9). Als Thiel mitbekommt, wie seine Frau Tobias anbrüllt und erniedrigt (S. 15 f.), hilft er ihm nicht und begehrt stattdessen seine Peinigerin sexuell (S. 17).

Tobias' Leid wird nur von wenigen schönen Stun-

Tobias' wenige Glücksmomente

den aufgehellt, so, wenn der Vater mit ihm spielt oder ihm die Bahnstrecke zeigt, die er zu beaufsichtigen hat. Als Thiel mit seiner Familie zum Wärterhaus und dem Kartoffelacker marschiert, genießt sein Sohn den Ausflug: »Der Junge war ausnehmend lustig.« (S. 28) Lene beginnt schließlich den Acker umzugraben, und Vater und Sohn gehen die Gleise ab, auch Thiel ist begeistert: »Oft blieb er, Tobiaschen an der Hand, stehen, um den wunderbaren Lauten zu lauschen, die aus dem Holze wie sonore Choräle aus dem Innern einer Kirche hervorströmten.« (S. 29) Solcherart religiös gestimmt, denkt er an seine verstorbene Frau, die er seit Monaten andächtig verehrt. Die drei Figuren vereinen sich – bewusst oder unbewusst – in diesem naiv-transzendenten Kontext ein letztes Mal, bevor Tobias stirbt: »Der Wärter wurde weihevoll gestimmt, ähnlich wie in der Kirche. Zudem unterschied er mit der Zeit eine Stimme, die ihn an seine verstorbene Frau erinnerte.« (S. 30)

Zugunglück

Der Knabe ist sich der Gefahr nicht bewusst, die von den Zügen ausgeht, er bestaunt »sie jedes Mal mit offenem Munde« (S. 31). Wegen Lenes Fahrlässigkeit marschiert er auf die Gleise und wird lebensgefährlich verletzt (S. 32), wenig später stirbt er.

Lenes Sohn. Thiel findet zu seinem jüngsten Sohn keinen Zugang, das wird auch durch die Namenlosigkeit des Säuglings hervorgehoben. Im Unterschied zu dem kränklichen Tobias, der sich um seinen Bruder kümmern muss, gedeiht dieser prächtig: »Wenn sich der zurückgebliebene Tobias solchergestalt, das kleine, von Gesundheit strotzende Brüderchen auf dem Arme, hinunter zur Spree schleppte, so wurden hinter den Fenstern der Hütten Verwünschungen laut« (S. 9).

Tobias' Zugunglück steht im Zusammenhang mit dem Säugling. Als Lene den Acker umgegraben hat, fordert sie Thiels Sohn ein: »Sie bestand darauf, dass Tobias jetzt das Kleine warte, und nahm ihn mit sich.« (S. 31) Seine Ehefrau passt aber nicht auf den Knaben auf, deshalb gerät er auf die Gleise.

Nachdem Tobias verunglückt ist, richtet sich seine Wut sogar gegen den hilflosen Jungen: »›Stiefmutter, Rabenmutter‹, knirschte er, ›und ihr Balg lebt.‹« (S. 38) Er würgt den Säugling, ohne recht zu wissen, was er tut: »Gurgelnde und pfeifende Laute, untermischt mit heiseren Ausrufen, von denen er nicht wusste, wer sie ausstieß, trafen sein Ohr.« (S. 38) Als ihm seine Schandtat bewusst wird, lässt er von dem Kind los und schreit: »›Es lebt! Gott sei Dank, es lebt!‹« (S. 39)

Mordversuch und Mord

Thiels Krise verschärft sich, er fällt in Bewusstlosigkeit und wird von Männern in seine Wohnung getragen und zu Bett gelegt. Als er nach mehreren Stunden wach wird, tötet er im Wahn Lene und seinen jüngsten Sohn: »Da lag das Kind mit durchschnittenem Halse.« (S. 43)

4. Form und literarische Technik

Der *Bahnwärter Thiel* wird von einem auktorialen, einem allwissenden Erzähler vorgestellt. Nur wenige Passagen – Bewusstseinsströme Thiels (z. B. S. 36 f.) – unterbrechen seinen Bericht. Die erzählte Zeit umfasst zehn Jahre, die im ersten Kapitel komprimiert dargestellt werden. Die Kernhandlung, das Zugunglück und dessen Kontext, verdichtet der Erzähler auf drei Tage: »An einem Junimorgen gegen sieben Uhr« (S. 10), einem Samstag, beginnt die Tragödie. Am Montag verunglückt Tobias tödlich, der Doppelmord geschieht wahrscheinlich in der Nacht von Montag auf Dienstag. Der geflüchtete Thiel wird am Dienstag aufgegriffen: »Den Morgen darauf fand ihn der diensttuende Wärter zwischen den Bahngeleisen und an der Stelle sitzend, wo Tobiaschen überfahren worden war.« (S. 43)

Zum Werkaufbau

Kapitel I (S. 3–9): *Bahnwärter Thiel* besteht aus drei Kapiteln. Zentral in der ersten Textpassage, die als Exposition, als Einleitung in das Geschehen dient, ist der sich entwickelnde Konflikt zwischen Thiel und Lene – er ist handlungsbestimmend für die gesamte novellistische Studie.

Um den Konflikt mit seiner Gattin zu ertragen, flüchtet Thiel in eine Doppelexistenz: einerseits führt er die Ehe mit der dominanten Lene, von der er sexu-

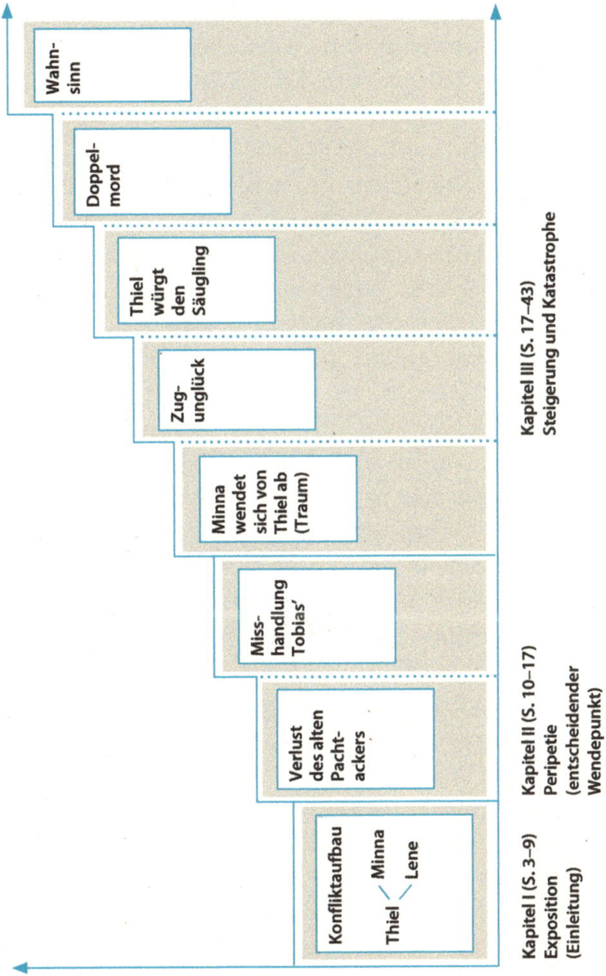

Abb. 3: Werkaufbau

Thiels lebensnotwendige Doppelexistenz

ell abhängig ist, zum anderen empfindet er platonische Verehrung für seine verstorbene erste Ehefrau. Solange es Thiel gelingt, beide Existenzweisen voneinander zu trennen, droht ihm und seiner Familie keine Gefahr. Lene darf auf keinen Fall, und das weiß der Bahnwärter, einen Fuß in sein zweites Reich setzen: »Mit Hilfe von allerhand Vorwänden war es ihm in der Tat bisher gelungen, seine Frau davon abzuhalten, ihn dahin zu begleiten.« (S. 7) Dieses hochsensible dramaturgische Potenzial bestimmt den weiteren Handlungsverlauf.

Kapitel II (S. 10–17): Schon auf der ersten Seite dieses Kapitels wird deutlich, dass Thiels Doppelexistenz nicht von langer Dauer sein kann, weil er Lene einen Ersatzacker in der Nähe seines Streckenhäuschens besorgt hat. Doch der Erzähler zögert die Katastrophe noch hinaus: Er baut zunächst die Spannung im Mittelstück der novellistischen Studie weiter aus. Die Beschreibung der Abhängigkeit Thiels von Lene ist ebenso minutiös wie die seiner Eigenarten.

Thiel schützt seinen Sohn nicht

Der bedrückende Höhepunkt dieser Textpassage ist das Versagen Thiels, als es ihm nicht gelingt, Tobias vor der wutentbrannten Lene zu schützen. Der Bahnwärter ist Lene am Ende des zweiten Kapitels völlig ausgeliefert: »Leicht gleich einem feinen Spinngewebe und doch fest wie ein Netz von Eisen legte es sich um ihn, fesselnd, überwindend, erschlaffend.« (S. 17) Diesen Zustand kann Thiel nicht mehr lange ertragen, der Konflikt erreicht damit einen vorläufigen Höhepunkt.

Kapitel III (S. 17–43): Im Verlauf der abschließenden Textsequenz nimmt Thiel allmählich krankhafte Züge an, so z. B., wenn ihm Minna als Traumgestalt erscheint. Er steuert nun endgültig auf die Katastrophe zu. Thiels Doppelexistenz bricht zusammen, als Lene in sein »geheiligtes Land« eindringt und Tobias verunglückt. Der Konflikt entlädt sich im Doppelmord.

»Novellistische Studie«

Der Autor gibt mit dem Untertitel – »Novellistische Studie« – auch Hinweise zum Werkaufbau. Die Entstehung der Novellenform fällt in die italienische Frührenaissance. Der Begriff wird von dem Wort *novella*, ›Neuigkeit‹, abgeleitet. Als bedeutendster Mitbegründer der literarischen Gattung gilt Giovanni Boccaccio (1313–1375), seine Novellensammlung *Decamerone* wurde gattungsprägend.

Seit Jahrhunderten diskutiert die Forschung, wie eine Novelle zu definieren sei. Einige der wichtigsten Hauptmerkmale, die wir auch im *Bahnwärter Thiel* finden, seien erwähnt.

■ Was zeichnet eine Novelle aus?

Zunächst handelt es sich bei einer Novelle um eine kurze Erzählung in Prosa. Im Unterschied zum Roman finden wir in der Novelle in der Regel nur einen Handlungsstrang, der auf einen Höhepunkt zuläuft. Im *Bahnwärter Thiel* wird denn auch zielgerichtet über drei Kapitel hinweg der psychische und körperliche Verfall Thiels mit all seinen Implikationen geradlinig erzählt.

Novelle = »Schwester des Dramas«

Zu Recht hat Theodor Storm (1817–1888) die Novelle als »Schwester des Dramas« bezeichnet. Dramengleich ist schon der Aufbau des *Bahnwärter Thiel*: Er beginnt mit einer Exposition, in der die Protagonisten und der zentrale Konflikt vorgestellt werden.

Der novellenspezifische Wendepunkt – hier das Eindringen von Lene in Thiels »Waldeinsamkeit« (S. 17) – entspricht ebenfalls dem klassischen Drama, und ebenso der tragische Höhepunkt im letzten Kapitel.

Goethes Novellen-Definition

Goethe definierte 1827 die Novelle als »eine sich ereignete unerhörte Begebenheit«. In der Novelle, und das versteht Goethe unter »unerhört«, wird etwas Neues und Außergewöhnliches erzählt. Was ist also nun das Unerhörte im *Bahnwärter Thiel*? Einmal, dass in einem literarischen Werk am Ende des 19. Jahrhunderts der Untergang eines Kleinbürgers dargestellt wird, und zum anderen, dass der Familienvater Thiel Frau und Sohn umbringt.

Leit- und Dingsymbol

Häufig findet man in der Novelle ein Leit- bzw. Dingsymbol, das sich durch die ganze Erzählung zieht. Nach Benno von Wiese ist die Eisenbahnstrecke das zentrale Dingsymbol in Hauptmanns Novelle: »Einmal spiegeln sich in dieser Bahnstrecke die Seelenvorgänge des Bahnwärters und seine mystischen Neigungen, zweitens spiegelt sich in ihr und durch sie die ganze, weit mehr dämonische als idyllische Natur, und drittens wird sie zum Spiegel für eine zufällige Katastrophe, die [...] ihre Zufälligkeit aber angesichts der beiden anderen Spiegelungen verliert und eine dunkle, höhere, schicksalhafte Bedeutung gewinnt.«[7]

Im Unterschied zur Tradition bezeichnet Hauptmann seinen Text nicht als Novelle, sondern als »Novellistische Studie«. Mit dem Adjektiv »novellistisch« verweist er darauf, dass er bewusst an die überlieferte Erzählpraxis anknüpft; mit dem Begriff »Studie« verdeutlicht er aber auch, dass er – in Anlehnung an die naturalistische Literatur – Thiels Schicksal wissenschaftlich-objektiv dargestellt hat. Er protokolliert wie in einer wissenschaftlichen Studie jede Veränderung der Szenerie minutiös. Deshalb muss der Erzähler auf eine subjektiv-moralische Beurteilung des Geschehens verzichten – sie würde die Objektivität seiner Darstellung in Frage stellen und relativieren.

»Novellistische Studie« und Sprachstil

Helmut Scheuer schließt sich dieser Lesart an: »Wenn Hauptmann seinen *Bahnwärter Thiel* als ›novellistische Studie‹ präsentiert, so ist das [...] ein Zeichen dafür, daß er eben nicht nur in der alten Novellentradition stehen, sondern eines der für diese Zeit so typischen literarischen ›Experimente‹ wagen wollte.«[8]

Auch der Sprachstil richtet sich an objektiven Kriterien aus: So kann der Erzähler zum Beispiel Thiels Verzweiflung mit dem Sekundenstil, der von den Na-

7 Benno von Wiese, *Die deutsche Novelle von Goethe bis Kafka*, Düsseldorf 1971, S. 272.
8 Scheuer (Anm. 2), S. 384.

turalisten häufig benutzt wurde, authentisch darstellen. Dieser Stil strebt die präzise Wiedergabe der Realität an, er protokolliert das Milieu der Figuren minutiös. Ein Beispiel: »Da: ein – zwei – drei milchweiße Dampfstrahlen quollen kerzengerade empor, und gleich darauf brachte die Luft den Pfiff der Maschine getragen. Dreimal hintereinander, kurz, grell, beängstigend.« (S. 31)

5. Quellen und Kontexte

Die Eisenbahn als literarisches Motiv

Die erste öffentliche Eisenbahnstrecke wurde am 27. September 1825 in England eröffnet, sie verband die Städte Stockton und Darlington. Die erste deutsche Eisenbahn wurde am 7. Dezember 1835 eingeweiht; der Zug fuhr auf der Strecke zwischen Nürnberg und Fürth. In Deutschland entwickelte sich der Schienenverkehr im Kontext der Industriellen Revolution rasant: »Es [das Schienennetz] wuchs zwischen 1870 und 1875 von 18 600 auf 27 800 km. 1870 gab es 329 Städteverbindungen, 1875 waren es 589, 1876 bereits 741. [...] Zwischen 1870 und 1914 konnte sich der Personenverkehr fast verzehnfachen. Er stieg von 4,4 auf 41,4 Milliarden Personenkilometer. Der Güterverkehr verdreizehnfachte sich von 5,3 auf 67,7 Milliarden Tonnenkilometer.«[9]

Auch in der schöngeistigen Literatur feiert die Eisenbahn ihre Erfolge. Sie ist ein beliebtes Motiv etlicher Schriftsteller, auch wenn der berühmte Dichter Heinrich Heine der Eisenbahn kein gutes Zeugnis ausstellt: »Die höchste Blüte des deutschen Geistes: Philosophie und Lied – Die Zeit ist vorbei, es gehörte dazu die idyllische Ruhe, Deutschland ist fortgerissen in die Bewegung – der Gedanke ist nicht mehr unei-

9 Johannes Mahr, *Eisenbahnen in der deutschen Dichtung. Der Wandel eines literarischen Motivs im 19. und im beginnenden 20. Jahrhundert*, München 1982, S. 120.

gennützig, in seine abstrakte Welt stürzt die rohe Tatsache – Der Dampfwagen der Eisenbahn gibt uns eine zittrige Gemütserschütterung, wobei kein Lied aufgehen kann, der Kohlendampf verscheucht die Sangesvögel, und der Gasbeleuchtungsgestank verdirbt die duftige Mondnacht.«[10] Heine indes kann den Siegeszug der Eisenbahn in der Literatur nicht aufhalten; obendrein widmen sich auch Maler, Zeichner und Musiker der Eisenbahn. In der Satirezeitschrift *Fliegende Blätter* findet man über 100 Jahre hinweg Eisenbahn-Motive, die sich mit den unterschiedlichsten Aspekten der Bahn auseinandersetzen, etwa mit Zugunglücken und Schutzmaßnahmen.

Auch das harte Leben der Bahnwärter ist Gegenstand der Kunst, der Lyrik geworden. 1868 erschien Hermann Linggs Gedicht *Bahnwärterloos*; die erste, zweite und die vierte Strophe lauten:

»O Freund werd' ja kein Wärter
An einer Eisenbahn,
Denn dieses Loos ist härter
Als jeder andre Plan.

Ein solcher steht da draußen
Und wartet früh und spat
Und hört er etwas sausen,
So stellt er sich gerad'. […]

10 Heinrich Heine, *Sämtliche Schriften*, Bd. 6/1, hrsg. von Klaus Briegleb, München 1975, S. 649.

Abb. 4: »Neu patentirter Anzug als Schutz gegen Eisenbahn-Unfälle«. In: Fliegende Blätter, Bd. XCVI, Nr. 2439, S. 146.

Er muß telegraphiren
Und unter Eis und Schnee
Im Winter schier erfrieren,
Beim Schaufeln auf der Höh'.«[11]

Gerhart Hauptmann kannte einen Teil der literarischen und bildlichen Eisenbahn-Motive, er verfasste auch Bahntexte, so zum Beispiel das Gedicht *Im Nachtzug*, das unmittelbar vor dem *Bahnwärter Thiel* erschien. Die erste Strophe sei hier vorgestellt:

»Es poltert der Zug durch die Mondscheinnacht,
die Räder dröhnen und rasen.
Still sitz' ich im Polster und halte die Wacht
Unter sieben schnarchenden Nasen.
Die Lampe flackert und zittert und zuckt,
und der Wagen rasselt und rüttelt und ruckt,
und weit, wie ins Reich der Gespenster,
weit blick' ich hinaus in das dämmrige Licht,
und schemenhaft schau' ich mein blasses Gesicht
im lampenbeschienenen Fenster.«[12]

11 Hermann Lingg, *Gedichte*, Bd. 2, Stuttgart 1868, S. 230.
12 Gerhart Hauptmann, *Sämtliche Werke. Centenar-Ausgabe zum hundertsten Geburtstag des Dichters*, Bd. IV: *Lyrik und Versepik*, Frankfurt a. M. / Berlin 1964, S. 54.

Naturalismus

Der *Bahnwärter Thiel* gilt als naturalistisches Werk. Der Naturalismus weitet sich im letzten Drittel des 19. Jahrhunderts zu einer europäischen Literaturbewegung aus. Émile Zola (Frankreich), Lew Tolstoj (Russland), Henrik Ibsen (Norwegen), August Strindberg (Schweden) und Gerhart Hauptmann gehören zu den bedeutendsten Vertretern dieser literarischen Richtung.

Naturalismus und Industrielle Revolution

In Frankreich reagiert Émile Zola mit seinem Werk auf die massiven Veränderungen im Zuge der sich explosionsartig ausbreitenden Industriellen Revolution: In den großen Städten führten Arbeitslosigkeit und Überbevölkerung zur Verarmung weiter Teile des Volkes. Diese Entwicklung bildet den Hintergrund von Zolas zwanzigbändigem Romanzyklus *Les Rougon-Macquart*. Dabei stellt er die erzählte Wirklichkeit so exakt und objektiv wie möglich unter Verzicht auf jede Art von Idealismus dar: im Unterschied zum bürgerlichen Roman, der die Wirklichkeit nicht selten verklärt und damit verharmlost.

Personeninventar und Milieus

Was den bürgerlichen Autoren als Thema noch verpönt war, zum Beispiel die Elendsquartiere der Städte, die Fabriken und Kneipen, Dirnen, Alkoholiker und Geisteskranke, wird nun zum literarischen Gegenstand erhoben, um zu dokumentieren, in welchen Milieus Teile der Bevölkerung leben mussten. Mit ihren Werken wollten die Naturalisten die Leser über die erbärmliche Lebensweise vieler Mitbürger aufklären, in der Hoffnung, dass sich die Verhältnisse ändern könnten.

Objektives Erzählen

Um ihre Gesellschaftskritik glaubhaft zu vermitteln, verzichteten die Autoren auf moralische Hinweise: Die Leser sollten allein durch objektives und vorurteilsfreies Erzählen zu einem Urteil gelangen. Dabei orientierten sich die Autoren an den zeitgenössischen Wissenschaften, die sich um objektive Darstellung der Wirklichkeit bemühten: Positivismus, Empirismus, Soziologie, Biologie und Psychologie wurden zu Rate gezogen. Die Ausrichtung an einem naturwissenschaftlich geprägten Weltbild ist fortan für dic meisten Naturalisten Pflicht.

»Kunst = Natur – x«

Vor diesem Hintergrund formuliert Arno Holz seine berühmte Kunstformel: »Kunst = Natur – x«. Das naturalistische Kunstwerk soll die Natur, und damit auch die gesellschaftliche Realität, deckungsgleich wiedergeben. Dies gelingt aber nicht vollständig, weil der Faktor x, der unvollkommene Künstler, dazu nicht immer in der Lage ist. So könnte der Autor etwa seine Sympathie für eine literarische Person übertreiben, indem er romantische Stilelemente einbringt, die allerdings die Alltagswelt nicht adäquat wiedergeben würden.

Weil sich die Naturalisten auf die objektive Wiedergabe der Tatsachen festlegen, müssen sie zwangsläufig auf eine artistisch-idealistische Sprache verzichten. Im Mittelpunkt stehen deshalb die Umgangssprache und der Dialekt, so auch in der wörtlichen Rede im *Bahnwärter Thiel*: »›Was, du unbarmherziger, herzloser Schuft! soll sich das elende Wurm die Plautze ausschreien vor Hunger? – wie? […]‹« (S. 15)

Intertextuelle Bezüge zu Georg Büchners *Lenz* und *Woyzeck*

Die Literaturwissenschaft beschäftigt sich schon seit den sechziger Jahren des 20. Jahrhunderts mit Intertextualität: »Der Begriff ›Intertextualität‹ impliziert, daß jeder Text über seine Grenzen hinausführt, ein Zusammenspiel und eine Kombination einer Vielzahl von Texten darstellt. Die Formen dieser Auseinandersetzung […] sind entscheidend für die Konstitution des jeweiligen literarischen Textes«.[13] Hauptmann bedient sich auf vielgestaltige Weise bei seinem literarischen Vorgänger Georg Büchner (1813–1837).

Abweichungen vom Naturalismus

Hauptmann erfüllt das naturalistische Programm im *Bahnwärter Thiel* nicht exakt. Die wenigen Dialoge im Text sind zwar der Umgangssprache entlehnt, der Held der Handlung stammt aus einer niederen Gesellschaftsschicht, seine Entwicklung wird psychologisch präzise dargestellt, aber die Natur- und Technikbeschreibungen sind manchmal unrealistisch und symbolisch angereichert: »Auch die Geleise begannen zu glühen, feurigen Schlangen gleich, aber sie erloschen zuerst; und nun stieg die Glut langsam vom

13 Volker Roloff, *Sartre contra Sartre. Überlegungen zur Sartre-Kritik von Sábato*, in: *Jean Paul Sartre*, hrsg. von Rainer E. Zimmermann, Cuxhaven 1989, S. 97.

Erdboden in die Höhe, erst die Schäfte der Kiefern, weiter den größten Teil ihrer Kronen in kaltem Verwesungslichte zurücklassend […].« (S. 19) Hier macht sich der Einfluss Büchners bemerkbar, der ebenfalls die Seelenzustände seines Protagonisten Lenz in der gleichnamigen Erzählung auf die Natur projiziert. So korrespondieren zum Beispiel graue und kalte Naturbilder mit der Empfindung von Apathie und Gleichgültigkeit, und zuweilen nimmt die Natur im *Lenz* dämonische Züge an.

Hauptmanns Vortrag über Büchner

Im Verein *Durch* hält Hauptmann am 17. Juni 1887 einen Vortrag über Büchner, was im Protokollbuch des Vereins lobend erwähnt wird: »Nach kurzer Angabe der wichtigsten Lebensdaten des Dichters […] trägt uns G. Hauptmann einige Stellen aus Büchners Dichtungen vor, zunächst aus dem Novellenfragment *Lenz* […]. Die kräftige Sprache, die anschauliche Schilderung, die naturalistische Charakteristik des Dichters erregen allgemeine Bewunderung.«[14] Neben Zola wird fortan auch Büchner als Naturalist verehrt.

Mit Begeisterung liest Hauptmann auch Büchners Dramenfragment *Woyzeck* (1878). Der Einfluss beider Werke auf den *Bahnwärter Thiel* ist unbestritten, er ist intertextuell mit ihnen verknüpft.

Büchners *Lenz*

Lenz ist ebenso wie *Bahnwärter Thiel* eine psychopathologische Studie, einige Parallelen sind offensichtlich. Der Protagonist der Handlung, Jakob Micha-

14 Zitiert nach: Johannes Diekhans (Hrsg.), *»Bahnwärter Thiel«*, Paderborn 2000, S. 72.

el Reinhold Lenz (1751–1792), war während der literarischen Epoche des Sturm und Drangs für kurze Zeit ein Freund Goethes. Lenz litt zunehmend an Schizophrenie und suchte im Januar 1778 Rat bei einem Seelenarzt, der ihm jedoch nur für kurze Zeit helfen konnte. Schließlich verschlimmerten sich die schizophrenen Schübe, nicht zuletzt, weil sich seine Schuldgefühle gegenüber dem dominanten Vater und der Geliebten, die er verlassen hatte, verstärkten. Als sich sein Zustand verschlechterte, wurde er nach Straßburg gebracht, wahrscheinlich in professionelle Obhut. Diese Krankengeschichte bildet die Basis der Erzählung.

Durch Lektüre des *Lenz* lernt Hauptmann, wie sublim ein Autor eine Person psychologisch darstellen kann. Thiels psychopathologische Entwicklungsgeschichte ist ohne den Einfluss von Büchners *Lenz* kaum denkbar. Daher stellt der Literatur- und Theaterwissenschaftler Peter Sprengel zu Recht fest: »[…] denn unbestritten stellt Hauptmanns *Bahnwärter Thiel* den produktiven Höhepunkt der *Lenz*-Rezeption des 19. Jahrhunderts dar. Und zwar in beiden Belangen, die Gutzkows frühe Würdigung von Büchners Erzählung umfasst: ›Welche Naturschilderungen! Welche Seelenmalerei!‹ Die ›novellistische Studie aus dem märkischen Kiefernforst‹, die im Manuskript noch den Titel *Im Waldwinkel* trug, bezieht einen Großteil ihrer Faszination aus der poetischen Suggestionskraft, mit der hier die Einsamkeit der märkischen Wälder […] beschrieben wird. Diese ›Naturschilderung‹ stellt jedoch keinen Selbstzweck, sondern einen direkten Beitrag zur ›Seelenmalerei‹ dar.«[15]

Büchners *Woyzeck*

Auch die Parallelen zwischen *Bahnwärter Thiel* und *Woyzeck* sind auffällig. Dieses Drama bezieht sich, ebenso wie *Lenz*, auf eine wahre Begebenheit, Hauptmanns Novelle dagegen lässt sich nicht auf ein wirkliches Ereignis zurückführen.

Am 2. Juni 1821 erstach in Leipzig der ehemalige Soldat, Perückenmacher und Gelegenheitsarbeiter Christian Woyzeck aus Eifersucht seine Geliebte, die Witwe Johanna Christiane Woost, und wurde dafür am 27. August 1824 hingerichtet. Diese Tragödie erregte großes Aufsehen, weil der Mörder als geistig verwirrt galt. Die Verteidigung plädierte auf Unzurechnungsfähigkeit, zwei psychiatrische Gutachten bestätigten jedoch, dass er zurechnungsfähig gewesen sei. Dieser Fall führte zu einer Grundsatzdebatte: Wo sind die Grenzen für die Zurechnungsfähigkeit anzusetzen?

Büchners Woyzeck ist schon zu Beginn des Dramas geistig verwirrt, er lebt in einem Offiziersumfeld, das ihn perfide unterdrückt. Thiel dagegen wirkt zu Beginn der Erzählung normal. Woyzeck hat von seiner Freundin Marie ein Kind, darf sie aber als gemeiner Soldat nicht heiraten. Er kümmert sich aufopferungsvoll um beide, trotzdem betrügt sie ihn, und deshalb tötet er sie in einem Anfall von Wahnsinn. Die Ge-

15 Peter Sprengel, *Gerhart Hauptmann. Bürgerlichkeit und großer Traum. Eine Biographie*, München 2012, S. 135.

meinsamkeiten zwischen Thiel und Woyzeck drängen sich auf: Beide reden nicht viel, sie sind seelisch vereinsamt und ausgesprochen passiv. Zudem sind beide Opfer ihrer triebgesteuerten Natur und töten in letzter Verzweiflung ihre Frauen. Beide werden vom Autor nicht moralisch verurteilt, sondern fordern die Frage heraus, ob sie nicht auch als Opfer der gesellschaftlichen und sozialen Verhältnisse angesehen werden können.

6. Interpretationsansätze

Familien-Katastrophe

Im Zentrum der »Novellistischen Studie« steht eine ausweglose Familienstruktur, die schließlich zur Katastrophe führt. Seit Mitte des 19. Jahrhunderts wird die bürgerliche Familie in der Literatur kritisch dargestellt: »Die ›moderne‹ Dichtung – vom Naturalismus bis zum Expressionismus – wird die Zerstörung der bürgerlichen Ordnung gerade im Zentrum der bürgerlichsten Institution, in der Familie, vorführen. Zerstört wurde vor allem die traditionelle Vaterautorität.«[16] Auch Thiel, der Kleinbürger, verliert im Verlauf des Geschehens seine Autorität als Familienvater. Mehrere Interpretationsansätze stellen den Untergang der Familie Thiel im Folgenden unter verschiedenen Blickwinkeln vor.

Lebenswichtige Ordnung und tödliches Chaos

Thiels Leben verläuft zunächst in geregelten Bahnen: Er geht jeden Sonntag in die Kirche, versieht gewissenhaft seinen Dienst, heiratet Minna und scheint glücklich zu sein. Auch die beiden Unglücksfälle, die sich während seiner Arbeit ereignen, vermögen nicht, »ihn, sobald er frei war, von der Kirche fernzuhalten.« (S. 3)

16 Scheuer (Anm. 2), S. 392.

Beide Unfälle deuten jedoch bereits an, dass Thiels Leben jederzeit von der Technik, der Eisenbahn, bedroht wird. Ebenso gefährlich ist die Dreierbeziehung Thiel – Minna – Lene.

Die Eisenbahn als Bedrohung

Eine geordnete Lebensweise ist für Thiel überlebenswichtig – sobald sie destabilisiert wird, gerät er in Gefahr. Thiels Leben ist streng geregelt, jede seiner Handlungen funktioniert mit der Perfektion einer Maschine. Bevor er seinen Dienst antritt, bereitet er sich präzise darauf vor: »in stets gleicher Reihenfolge wanderten die sorgsam auf der kleinen Nussbaumkommode ausgebreiteten Gegenstände: Messer, Notizbuch, Kamm, ein Pferdezahn, die alte, eingekapselte Uhr, in die Taschen seiner Kleider.« (S. 13) Sobald er in seinem Wärterhäuschen angekommen ist, unterwirft er sich einer strengen Prozedur: »Thiel begann wie immer so auch heute damit, das enge, viereckige Steingebauer der Wärterbude auf seine Art für die Nacht herzurichten. Er tat es mechanisch« (S. 18). Auch der übrige Tagesablauf verläuft stets nach den gleichen Ritualen.

Ordnung als Ritual

Als dienstbeflissener Bahnwärter hat er sich mechanisch der Uhr, der Zeit zu unterwerfen. Die Zeit ist der unerbittliche Maßstab, nach dem er sein Leben ausrichten muss – selbst als sein Sohn überfahren wird, bleibt er ihr ausgeliefert. Nach dem Zugunglück lebt Tobias noch, vielleicht könnte schnelle Hilfe ihn retten, aber der Schnellzug, der ihn überfahren hat, transportiert ihn nicht in die nächste Stadt, da er die Verspätung aufholen muss: »Die Zeit ist kostbar. Die

Die Uhrzeit als Maßstab

Pfeife des Zugführers trillert. [...] einige Sekunden, und der Kurierzug braust mit wehender Rauchfahne in verdoppelter Geschwindigkeit durch den Forst.« (S. 33 f.)

Thiel darf überdies den verunglückten Tobias nicht begleiten, weil er zum Dienst muss, der nächste Zug erlaubt keinen Aufschub. Nach dem tragischen Geschehen verliert die Zeit sukzessiv Macht über Thiel. Als er sich bewusst wird, dass er das Unglück nicht geträumt hat, verliert nicht nur er die Fassung: »seine peinlich gepflegte Uhr fiel aus seiner Tasche, die Kapsel sprang, das Glas zerbrach.« (S. 35) Die Uhr bleibt zwar funktionstüchtig, aber Thiels Zeitordnung bekommt mit dem Zerbrechen des Uhrglases gleichfalls Risse.

■ Die Zeit verliert ihre Macht

Von nun an sind seine Handlungen nicht mehr kalkulierbar; zudem kann er die Welt nicht mehr realistisch wahrnehmen, »seine weit offenen Augen [machten] den Eindruck der Blindheit.« (S. 36)

War Thiel bisher ohnehin ausgesprochen wortkarg, so gelingt es ihm unter dem Eindruck des Unglücks und bei den ersten Anzeichen des ausbrechenden Wahnsinns nicht mehr, sich syntaktisch angemessen zu artikulieren. Wir werfen einen Blick in Thiels authentischen Bewusstseinsstrom: »›Du, Minna, hörst du? – gib ihn wieder – ich will ... ‹ Er tastete in die Luft, wie um jemand festzuhalten. ›Weibchen – ja – und da will ich sie... und da will ich sie auch schlagen – braun und blau – auch schlagen – und da will ich mit dem Beil – siehst du? – Küchenbeil – mit dem Kü-

■ Thiel stammelt nur noch

chenbeil will ich sie schlagen, und da wird sie verrecken. Und da … ja mit dem Beil – Küchenbeil, ja – schwarzes Blut! ‹« (S. 37)

Der Bahnwärter verliert die Orientierung

Thiel verliert mit fortschreitender Verwirrung nicht nur die sprachliche Orientierung: »Alles war ihm neu, alles fremd.« (S. 37) Bisher war sein Alltag streng ritualisiert, jeder Handgriff war eingeübt – nun aber, mit dem Verlust seines Ordnungssystems, ist er dem Neuen schutzlos ausgeliefert. Thiel ist nicht in der Lage, sich konstruktiv mit dem Chaos, mit den neuen Gegebenheiten auseinanderzusetzen, weil er unfähig ist, sich mit anderen Menschen auszutauschen. Er vereinsamt völlig: »das Schwere, Dumpfe, nur Halbbewusste, die Sprachlosigkeit dieses Mannes sind die Zeichen einer ausweglosen äußeren und inneren Verlassenheit. Er lebt nicht nur durch Beruf und Armut in einer von der Welt isolierten, sondern auch innerlich in einer hilflos vereinsamten Existenz.«[17]

Weil er völlig auf sich allein angewiesen ist – auch der Glaube an Gott vermag ihm nicht zu helfen –, kann er das Chaos nicht kontrollieren: »Er wusste nicht, was das war, worauf er ging, oder das, was ihn umgab.« (S. 37)

Thiel wird wahnsinnig

Schließlich erkennt Thiel in einem lichten Augenblick, dass er wahnsinnig wird: »›Aber mein Gott, das ist ja Wahnsinn.‹« (S. 38) Zwar versucht er sich gegen den »neuen Feind« zu wehren, doch dies gelingt ihm

17 Fritz Martini, *»Bahnwärter Thiel«*, in: F. M., *Das Wagnis der Sprache. Interpretation deutscher Prosa von Nietzsche bis Benn*, Stuttgart [8]1993, S. 63.

nicht: »Er suchte Ordnung in seine Gedanken zu bringen, vergebens!« (S. 38)

Mord-versuch

Auch vor diesem Hintergrund ist es zu erklären, dass er wenig später sogar seinen jüngsten Sohn töten möchte, um sich an Lene zu rächen. In einem fast schon bewusstseinslosen Zustand würgt er den Säugling: »er fühlte etwas Weiches, Fleischiges zwischen seinen Fingern. Gurgelnde und pfeifende Laute, untermischt mit heiseren Ausrufen, von denen er nicht wusste, wer sie ausstieß, trafen sein Ohr.« (S. 38) Schließlich kommt er wieder zu Bewusstsein und lässt von dem Jungen ab.

Doppel-mord

Als Thiel vor dem toten Tobias steht, bricht er endgültig zusammen: »Es wurde dunkler.« (S. 40) In der folgenden Nacht bringt er in einem letzten Verzweiflungsakt Frau und Sohn um. Dann verfällt er endgültig in den Wahnsinn – der Wärter, der ihn an den Bahngleisen findet, »bemerkte bald, dass er es mit einem Irrsinnigen zu tun habe.« (S. 43)

Thiels sexuelle Abhängigkeit und Religiosität

Der Tod Minnas geht nicht spurlos an Thiel vorüber, sein geregeltes Leben verändert sich: »Die Knöpfe seiner sauberen Sonntagsuniform waren so blank geputzt als je zuvor, seine roten Haare so wohl geölt und militärisch gescheitelt wie immer, nur dass er den breiten, behaarten Nacken ein wenig gesenkt trug und noch eifriger der Predigt lauschte oder sang, als er es früher getan hatte.« (S. 4).

Seine Kleidung ist nach wie vor »militärisch« geordnet, aber innerlich ist er verstört, er senkt seinen »Nacken« vor Kummer; seine Trauer möchte er durch religiösen Eifer kompensieren. Doch das funktioniert nur für ein Jahr, dann sucht er für Tobias eine zuverlässige Stiefmutter; außerdem bedrängt ihn seine Sexualität. Auf Dauer kann er sie nicht unterdrücken, auch nicht durch seine religiöse Hingabe. Der Pastor des Dorfes meldet nicht umsonst seine Bedenken an – er ahnt, dass der Bahnwärter nicht nur aus Sorge um Tobias heiratet (S. 4).

■ Religion taugt nur für kurze Zeit zur Kompensation

Thiels Religiosität bildet keine Schutzmauer gegen seinen Sexualtrieb, zumal sie zuweilen wirklichkeitsfremd und wahnhaft ist. Der Psychoanalytiker Sigmund Freud (1856–1939) hat die Rolle der Religion immer wieder pointiert diskutiert, so zum Beispiel in seinem Buch *Das Unbehagen in der Kultur* (1930): »Die Religion beeinträchtigt dieses Spiel der Auswahl und Anpassung, indem sie ihren Weg zum Glückserwerb und Leidensschutz allen in gleicher Weise aufdrängt. Ihre Technik besteht darin, den Wert des Lebens herabzudrücken und das Bild der realen Welt wahnhaft zu entstellen, was die Einschüchterung der Intelligenz zur Voraussetzung hat.«[18]

■ Sigmund Freud über die Religion

Thiels Leben wird problematischer, als er die zanksüchtige Lene zur Ehefrau nimmt. Thiel verfällt ihr

18 Sigmund Freud, *Das Unbehagen in der Kultur*, in: S. F., *Werkausgabe in zwei Bänden*, Bd. 2: *Anwendungen der Psychoanalyse*, hrsg. von Anna Freud und Ilse Grubrich-Simitis, Frankfurt a. M. 1978, S. 382.

Thiels sexuelle Abhängigkeit

sexuell: »Er, der mit seinem ersten Weibe durch eine mehr vergeistigte Liebe verbunden gewesen war, geriet durch die Macht roher Triebe in die Gewalt seiner zweiten Frau und wurde zuletzt in allem fast unbedingt von ihr abhängig.« (S. 6 f.)

Thiel ist wahnhaft religiös

Thiel, verstört von seiner sinnlichen Abhängigkeit, flüchtet sich, von Gewissensbissen geplagt, zu seinem »Wärterhäuschen« und der »Bahnstrecke«. Beide erklärt er »insgeheim gleichsam für geheiligtes Land, welches ausschließlich den Manen der Toten gewidmet sein sollte.« (S. 7) Dort kann Thiel – in Distanz zu Lene – sein Gewissen mit viel Mühe beschwichtigen. In seiner Einsamkeit tritt er in den Dialog mit seiner verstorbenen Frau: »Eine verblichene Photographie der Verstorbenen vor sich auf dem Tisch, Gesangbuch und Bibel aufgeschlagen, las und sang er abwechselnd die lange Nacht hindurch [...] und geriet hierbei in eine Ekstase, die sich zu Gesichten steigerte, in denen er die Tote leibhaftig vor sich sah.« (S. 7 f.)

Die Doppelexistenz des Bahnwärters

Thiel muss, um mit seinem Leidensdruck fertig zu werden, eine Doppelexistenz führen: »Dadurch, dass er die ihm zu Gebote stehende Zeit somit gewissenhaft zwischen die Lebende und die Tote zu teilen vermochte, beruhigte Thiel sein Gewissen in der Tat.« (S. 7)

Sigmund Freud über die Sexualität

Aber mit dieser Verdrängungsstrategie steht der Bahnwärter auf verlorenem Boden, weil seine Sexualität dominanter ist. Sigmund Freud hebt in seinen *Drei Abhandlungen zur Sexualtheorie* (1905) den enormen Stellenwert des Geschlechtstriebes hervor:

»Die Tatsache geschlechtlicher Bedürfnisse bei Mensch und Tier drückt man in der Biologie durch die Annahme eines ›Geschlechtstriebes‹ aus. Man folgt dabei der Analogie mit dem Trieb nach Nahrungsaufnahme, dem Hunger.«[19] Thiels vergeistigte Liebe zu seiner verstorbenen Frau wird von seiner sexuellen Begierde, seinem triebhaften »Hunger«, nach und nach untergraben.

Thiels metaphorischer Orgasmus

Als er an der Bahnstrecke steht, geht er in einem Tagtraum »eine sublime [...] sexuelle unio mystica mit der Verstorbenen«[20] ein; metaphorisch verschlüsselt wird ein Orgasmus angedeutet: »Ein Keuchen und Brausen schwoll stoßweise fernher durch die Luft. Dann plötzlich zerriss die Stille. Ein rasendes Tosen und Toben erfüllte den Raum, die Geleise bogen sich, die Erde zitterte – ein starker Luftdruck – eine Wolke von Staub, Dampf und Qualm, und das schwarze, schnaubende Ungetüm war vorüber. So wie sie anwuchsen, starben nach und nach die Geräusche.« (S. 20) Danach meldet sich sofort sein schlechtes Gewissen gegenüber seiner ersten Frau wieder: »›Minna‹, flüsterte der Wärter, wie aus einem Traum erwacht«. (S. 20)

Reale sexuelle Erfüllung erfährt Thiel zwar von Lene, aber er ist auf entwürdigende Weise von ihr ab-

19 Sigmund Freud, *Drei Abhandlungen zur Sexualtheorie*, in: S. F.: *Werkausgabe in zwei Bänden*, Bd. 1: *Elemente der Psychoanalyse*, hrsg. von Anna Freud und Ilse Grubrich-Simitis, Frankfurt a. M. 1978, S. 239.

20 Scheuer (Anm. 2), S. 399 f.

hängig. Nach einem Streit mit ihr »ließ [er] sich am Ende nicht selten herab, sie zu bitten, doch wieder gut zu sein.« (S. 6) In seiner zweiten Ehe muss Thiel leidvoll erfahren, dass sein Verhalten von seinen Trieben dominiert und gesteuert wird.

Vater Thiel lässt Tobias im Stich

Diese Spannung zwischen beiden Existenzweisen hält der Bahnwärter aber nicht lange aus, zumal die sexuelle Abhängigkeit darin gipfelt, dass er Tobias im Stich lässt. Als er Lene dabei ertappt, wie sie seinen Sohn züchtigt, ist sein Widerstand nur von kurzer Dauer, weil ihr Körper ihn sexuell erregt: »Ihre vollen, halbnackten Brüste blähten sich vor Erregung und drohten das Mieder zu sprengen, und ihre aufgerafften Röcke ließen die breiten Hüften noch breiter erscheinen. Eine Kraft schien von dem Weibe auszugehen, unbezwingbar, unentrinnbar, der Thiel sich nicht gewachsen fühlte.« (S. 17) In diesem Zustand der sexuellen Begierde ist Thiel nicht in der Lage, seine Frau zu kritisieren, ganz im Gegenteil: »Er hätte in diesem Zustand überhaupt kein Wort an sie zu richten vermocht, am allerwenigsten ein hartes« (S. 17). Statt den verängstigten Tobias zu trösten, was selbstverständlich sein sollte, verlässt Thiel das Haus mit einem »zerstreuten Kopfnicken«. (S. 17)

Nach dieser Schlüsselstelle nimmt der Untergang der Familie Thiel unaufhaltsam seinen Lauf, zumal dem Bahnwärter bewusst wird, dass sein Verhalten gegenüber Tobias einem nicht zu verzeihenden Tabubruch gleichkommt – hatte er Minna doch am Totenbett versprochen, sich um den gemeinsamen Sohn zu kümmern und »für die Wohlfahrt des Jungen zu jeder Zeit ausgiebig Sorge zu tragen« (S. 5).

Thiels Ordnungssystem bekommt Risse

Thiel bricht, nachdem er den verstörten Tobias verlassen hat, hastig zu seinem »Wärterhäuschen« auf, dort kommt er »erst fünfzehn Minuten nach der ordnungsmäßigen Zeit« (S. 17) an. Zum ersten Mal in seiner Dienstzeit erscheint der Bahnwärter nicht pünktlich zu seiner Arbeit, sein Ordnungssystem ist aus den Fugen, die Katastrophe kündigt sich an.

»Unterlassungssünden«

Überdies belasten ihn seine Schuldgefühle, die er gegenüber Tobias und Minna hat. In »selbstquälerischen Vorstellungen« grübelt er über seine »Unterlassungssünden« nach: »Die Leidensgeschichte seines Ältesten, welche die Eindrücke der letzten Stunden nur noch hatten besiegeln können, trat deutlich vor seine Seele.« (S. 22) Obwohl Thiel seinem Sohn gegenüber »Mitleid und Reue« zeigt, besitzt er nicht die »Kraft [...] sich einzugestehen, wie sehr dieses [Geschöpf] litt.« (S. 22) Das ist die Bankrott-Erklärung eines zutiefst gescheiterten Vaters.

Der Traum des Bahnwärters

Über diesen Gedanken schläft er ein und träumt von Minna. Schließlich weckt ihn ein Unwetter, panikartig rennt er vor die Tür, um den nächsten Zug abzufertigen. Während er an der Bahnstrecke steht, erinnert er sich an seinen Traum, in dem ihm Minna erschienen war. Sie war flüchtend an seinem Wärterhäuschen vorbeigegangen, ohne sich umzuschauen, und das verletzt den Bahnwärter zutiefst: »sie hatte sich von ihm losgesagt, ihn nicht beachtet, sie hatte sich fortgeschleppt immer weiter und weiter durch die stürmische, dunkle Nacht.« (S. 25)

Sie trägt, und damit wird das Zugunglück symbolisch vorweggenommen, in ihren Händen »etwas Schlaffes, Blutiges, Bleiches« (S. 24). Mit Minnas Flucht ist seine Doppelexistenz gefährdet, denn einen solchen Verlust, den er zunächst nicht wahrhaben will, kann der Bahnwärter nicht verkraften; auch damit ist sein Untergang besiegelt.

Lene bedroht die Doppelexistenz

Außerdem kündigt sich Lene an, die den neuen Acker umgraben möchte. Thiel ahnt, dass seine Existenz bedroht ist: »›Nein, nein, das geht ja nicht‹, und wieder: ›Nein, nein, das geht ja gar nicht.‹« (S. 21) Aber es geht doch! Der Gedanke, dass Lene demnächst während der Dienstzeit in seiner Nähe sein könnte, wird ihm »immer unerträglicher« (S. 21). Er spürt, dass sie »sein Heiligstes« (S. 21) antasten wird, besitzt jedoch keine Kraft, Lene den Zutritt zu seinem Refugium zu verbieten – schließlich könnte sie ihm bei einem Verbot ihren Körper verweigern, und auf den ist Thiel nach wie vor fixiert. Am Abend vor dem Aufbruch zum Streckenhäuschen beobachtet er Lene vom Bett aus, wie sie damit beschäftigt ist, »das Mieder aufzunesteln und die Röcke herabzulassen.« (S. 27) Dieser Anblick erregt den Bahnwärter sexuell. Lene sieht seine Geilheit: »Plötzlich fuhr sie herum, ohne selbst zu wissen, aus welchem Grunde, und blickte in das von Leidenschaften verzerrte, erdfarbene Gesicht ihres Mannes« (S. 27). Mit verlangenden, »brennenden Augen« (S. 27) starrt er sie an, und nachdem Lene ihn abgewiesen hat, stottert er bezeichnenderweise nur ein paar wirre Worte; schließlich zieht er sich resigniert die Decke über den Kopf.

Es sind aber auch wirtschaftliche Zwänge, die Lenes Ausflug zum Wärterhäuschen plausibel machen, schließlich trägt der Anbau von Kartoffeln zum Lebensunterhalt der Familie bei.

Zugunglück und Doppelmord

Der Eintritt Lenes in Thiels sakralen Raum zerstört seine Doppelexistenz; nun bricht die Katastrophe über die Familie ein. Als Lene mit dem Umgraben des Ackers fertig ist, verlangt sie von Thiel, Tobias solle mit ihr kommen, um sich um den Säugling zu kümmern. Thiels Warnung, den Knaben von den Gleisen fernzuhalten, quittiert sie mit einem »Achselzucken« (S. 31).

Nach dem Zugunglück denkt er wieder öfter an Minna, obwohl sie sich im Traum von ihm losgesagt hat. Sie geht ihm trotzdem in seinen letzten geistesklaren Stunden nicht aus dem Kopf. Thiel bittet sie verzweifelt um Tobias: »›Du, Minna‹ – seine Stimme wurde weinerlich, wie die eines kleinen Kindes. ›Du Minna, hörst du? – gib ihn wieder – ich will…‹« (S. 36 f.). Doch sie antwortet ihm nicht wie sonst in einer Vision oder im Traum. Thiel verspricht Minna, um sie zu beschwichtigen, Rache an Lene zu nehmen – schließlich trägt sie die Schuld an dem Tod ihres gemeinsamen Sohnes: »›… und da will ich sie auch schlagen – braun und blau – auch schlagen – und da will ich mit dem Beil – siehst du?‹« (S. 37)

Nach dem Doppelmord bleibt Thiel, der beide

Frauen, und damit auch die Basis seiner Doppelexistenz, verloren hat, nur noch die Flucht in den Wahnsinn. Das einzige Liebenswerte, das ihn bis in die Irrenanstalt begleitet, ist die Pudelmütze Tobias': »Er hielt das braune Pudelmützchen im Arm und liebkoste es ununterbrochen wie etwas, das Leben hat.« (S. 43)

Naturbeschreibungen

Die Natur besitzt eine zentrale Stellung in der »Novellistischen Studie«. Da der Leser kaum etwas von Thiels Gedanken erfährt, nicht zuletzt, weil er nur wenig redet und zuweilen stammelt, gleicht der Erzähler Thiels Sprachdefizite aus, indem er dessen Gemütsverfassung auf die Natur projiziert. So wird die Natur zum Sprachrohr Thiels, aber sie antizipiert auch, und das ist ihre zweite Funktion, das zukünftige Geschehen.

Die Natur charakterisiert Thiels Innenleben

In Augenblicken, wo Thiel seine unwürdige Abhängigkeit erkennt und innerlich aufgewühlt ist, gibt die Natur über sein Innenleben Auskunft: Der »Schneesturm [raste] durch die Kiefern und über die Strecke« (S. 7). Doch schnell beruhigt er sich wieder, weil ihm sein Häuschen zur »Kapelle« (S. 7) wird, dort kann er seine Schuldgefühle in religiöser Andacht beschwichtigen. Die Natur, Minna und sein Streckenhäuschen werden von Thiel unbewusst zu seinem sakralen Terrain verklärt. Lediglich in klaren Momenten erahnt er seine trostlose Lage: »Oft freilich und besonders in Augenblicken einsamer Andacht, wenn er recht innig mit der Verstorbenen verbunden gewesen war, sah er seinen jetzigen Zustand im Lichte der Wahrheit und empfand davor Ekel.« (S. 7)

Als Thiel mit Tobias die Bahnstrecke abgeht, wird die Natur mit religiösen Attributen beschrieben: »Oft blieb er, Tobiaschen an der Hand, stehen, um den wunderbaren Lauten zu lauschen, die aus dem Holze wie sonore Choräle aus dem Innern einer Kirche hervorströmten.« (S. 29) Zu diesem religiösen Intermezzo gesellt sich noch Minna hinzu: »Zudem unterschied er mit der Zeit eine Stimme, die ihn an seine verstorbene Frau erinnerte.« (S. 30)

Natur und Religion

Schließlich deutet die Natur die kommende Katastrophe an. Thiel geht zur Arbeit, da stoßen plötzlich Krähen ihre warnenden, »knarrenden Rufe« (S. 14) aus. »Schwarze Wasserlachen füllten die Vertiefungen des Weges und spiegelten die trübe Natur noch trüber wider.« (S. 14) Trüber wird auch Thiels Leben, denn unmittelbar nach diesen Eindrücken wird er hilfloser Zeuge, wie Lene Tobias demütigt. Thiel ist nicht in der Lage, seinen Sohn zu verteidigen, und die Schuldgefühle, mit denen er zu kämpfen hat, spiegeln sich ebenfalls in der Natur wider: »Die Säulenarkaden der Kiefernstämme jenseits des Dammes entzündeten sich gleichsam von innen heraus und glühten wie Eisen.« (S. 19)

Natur und Katastrophe

Ein metaphorisches Bild, in dem das Schuldgefühl Thiels unbewusst mitbrennen mag, nur mit Mühe kann er sich wieder beruhigen: »Wie schneeweißer

Schaum lag die junge Blütenpracht auf den Zweigen der beiden Zwergobstbäumchen, welche darauf standen. Thiel wurde ruhig, und ein stilles Wohlgefallen beschlich ihn.« (S. 21) Noch gelingt es dem Bahnwärter, sein seelisches Gleichgewicht – und damit auch seine Doppelexistenz – aufrechtzuerhalten.

Nachdem Tobias verunglückt ist, zerbricht jedoch sein polares Ordnungssystem – die Natur wird nur noch in düsteren Farben gezeichnet: »Die Sonne goss ihre letzte Glut über den Forst, dann erlosch sie. Die Stämme der Kiefern streckten sich wie bleiches, verwestes Gebein zwischen die Wipfel hinein, die wie grauschwarze Moderschichten auf ihnen lasteten.« (S. 37) So dokumentiert der Erzähler Thiels absterbendes, moderndes Innenleben, das sich auf den Wahnsinn zubewegt.

Rolle der Technik

Die Technik im *Bahnwärter Thiel* hat eine dreifache Bedeutung:

1. Im Unterschied zu vielen Zeitgenossen im letzten Drittel des 19. Jahrhunderts macht Hauptmann im Zuge der Industriellen Revolution auf die Gefahren der Technik aufmerksam.
2. Die Technik spiegelt Thiels Innenleben wider und antizipiert das zukünftige Geschehen.
3. Lene geht auf einer metaphorischen Ebene eine Allianz mit der Technik ein, sie wird als maschinengleiches Wesen beschrieben.

Die Technik erscheint in Gestalt von zentralen »Dingsymbolen«, wie Lokomotiven, Zügen und der Bahnstrecke, die sich durch den gesamten Text ziehen. Schon im ersten Absatz des Textes drängt sich die Technik als Gefahr auf: Thiel wird zweimal von Gegenständen getroffen, die von Zügen herabfallen, und dabei schwer verletzt: »das eine Mal infolge eines vom Tender einer Maschine während des Vorbeifahrens herabgefallenen Stückes Kohle, welches ihn getroffen und mit zerschmettertem Bein in den Bahngraben geschleudert hatte; das andere Mal einer Weinflasche wegen, die aus dem vorüberrasenden Schnellzuge mitten auf seine Brust geflogen war.« (S. 3)

Ding-symbole

Thiels »Waldeinsamkeit« erscheint zunächst als idyllisch, doch sie wird durch die danebenliegende Bahnstrecke bedroht; so werden in regelmäßigen Abständen seine religiösen Einkehrstunden von »vorbeitobenden Bahnzügen unterbrochen« (7 f.).

Züge als Bedrohung

Die Bahngleise deuten symbolisch die bevorstehende Tragödie an: »Die schwarzen, parallellaufenden Geleise darauf glichen in ihrer Gesamtheit einer ungeheuren eisernen Netzmasche, deren schmale Strähne sich im äußersten Süden und Norden in einem Punkte des Horizontes zusammenzogen.« (S. 19) So wie die Gleise parallel nebeneinanderlaufen, was lebenswichtig ist, verläuft auch die Doppelexistenz Thiels. Sobald der Horizont »in einem Punkt« erreicht wird und beide Sphären zusammentreffen, kommt es zur Katastrophe.

Während der Bahnwärter von seinen »Unterlassungssünden« (S. 22) auf das Äußerste geplagt wird, projiziert der Erzähler Thiels Innenleben auf den heranrasenden Zug: »Erst dumpf und verhalten grollend, wälzte er [der Donner] sich näher in kurzen, brandenden Erzwellen, bis er, zu Riesenstößen anwachsend, sich endlich, die ganze Atmosphäre überflutend, dröhnend, schütternd und brausend entlud.« (S. 23) Thiels Spannung entlädt sich im Unterschied dazu noch nicht, noch kann er sein Doppelleben mit Mühe aufrechterhalten.

Das Zugunglück deutet sich metaphorisch an

Doch wenig später, nachdem Minna ihm mit einem blutigen Bündel (S. 24) im Traum erschienen ist, deutet sich das Unglück an: »Zwei rote, runde Lichter durchdrangen wie die Glotzaugen eines riesigen Ungetüms die Dunkelheit. Ein blutiger Schein ging vor ihnen her [...]. Es war, als fiele ein Blutregen vom Himmel.« (S. 25)

Thiel reagiert unbewusst auf die drohende Gefahr, er überprüft am nächsten Morgen mechanisch die Gleise: »Hin und wieder zog er mit dem Schraubschlüssel einen Bolzen fest« (S. 25). Es scheint, als ob sich der Bahnwärter versichern wolle, dass beide Gleise, und damit auch die zwei parallel laufenden Sphären seiner Doppelexistenz, nicht kollidieren können.

Doch die Tragödie ist nicht mehr aufzuhalten, weil Lene in seine »Waldeinsamkeit« eingedrungen ist. Thiels Doppelleben und sein Ordnungssystem werden damit zerstört. Der schlesische Schnellzug nähert sich bedrohlich dem Bahnwärterhäuschen und dem

Abb. 5: Hans Baluschek (1870–1935): *Anfahrender Schnellzug* (1909)

angrenzenden Acker: »Der Zug wurde sichtbar – er kam näher – in unzählbaren, sich überhastenden Stößen fauchte der Dampf aus dem schwarzen Maschinenschlote.« (S. 31) Wenig später überrollt er Tobias.

Thiel kann sich nicht an der Technik, an dem Schnellzug, für den Tod seines Sohnes rächen, »aber in Lene kann er stellvertretend auch die ›Maschine‹ töten.«[21] Denn Thiels Frau wird als maschinenartiges Wesen beschrieben. Als sie den Acker umgräbt, geschieht dies mit der »Ausdauer einer Maschine« (S. 29). Ihre Macht über Thiel scheint wie die des her-

Lene = maschinengleich?

21 Scheuer (Anm. 2), S. 402.

anrasenden Zuges »unbezwingbar« (S. 17). Frauen wurden zuweilen am Ende des 19. Jahrhunderts mit Maschinen verglichen; so beschreibt Zola in seinem Roman *Das Tier im Menschen* (1890) das Verhältnis eines Lokomotivführers zu seiner Lok als sexuelles. Der Literaturwissenschaftler Klaus-Michael Bogdal hebt in seinem Buch *Zwischen Alltag und Utopie. Arbeiterliteratur als Diskurs des 19. Jahrhunderts* die Analogie zwischen Frauen und Maschinen hervor: »Die Maschine als Frau, die Frau als Maschine – diese wechselseitige metaphorische Überblendung wird um die Jahrhundertwende möglich, weil Maschinen nicht mehr als kühl konstruierte Produkte männlichen Verstandes wahrgenommen werden. Vielmehr erscheinen sie als unbekannte, mit einer geheimnisvollen Kraft ausgerüstete Wesen. Diese Sichtweise kommt dem Frauenbild der Jahrhundertwende [...] sehr nahe.«[22]

Diese Lesart bestätigt sich im *Bahnwärter Thiel* an mehreren Stellen. So wird Thiel von Lene mit »einem feinen Spinngewebe«, das sich »wie ein Netz von Eisen« (S. 17) um ihn legt, gefangen. Schließlich gelingt es ihm in einem letzten Kraftakt, dem Doppelmord, sich von diesem eisernen Netz zu befreien.

22 Klaus-Michael Bogdal, *Zwischen Alltag und Utopie. Arbeiterliteratur als Diskurs des 19. Jahrhunderts*, Opladen 1991, S. 139 f.

7. Autor und Zeit

Am 15. November 1862 wird Gerhart Hauptmann im niederschlesischen Obersalzbrunn geboren. Er ist der jüngste Sohn des Hotelbesitzers und Gastwirts Robert Hauptmann (1824–1898) und seiner Frau Marie (1827–1906), insgesamt hat er drei Geschwister, zwei Brüder und eine Schwester. 1877 geben die Eltern aus finanziellen Gründen das Hotel auf, später betreiben sie eine Bahnhofsgaststätte.

Hauptmann hasst die Schule, bleibt mehrmals sitzen, schließlich verlässt er sie ohne Abschluss. 1878 tritt er bei Verwandten eine Landwirtschaftslehre an, aber auch hier bleibt er ohne Erfolg, wegen eines Lungenleidens muss er die Ausbildung abbrechen. Er beschließt, nachdem er inzwischen bei einem weiteren Versuch, das Einjährigen-Examen abzulegen, gescheitert ist, Bildhauer zu werden. 1880 erhält er in Breslau die Zulassung für die Bildhauerklasse der Kunst- und Gewerbeschule. Aber auch dort scheitert er, seine künstlerischen Fortschritte sind zu gering. Ab dem Wintersemester 1882/83 studiert er in Jena mit einer Sondergenehmigung, hört dort Vorlesungen über Literaturgeschichte und Philosophie, gibt aber wenige Monate später das Studium auf.

■ Holpriger Karrierestart

Marie Thienemann, seine vermögende Verlobte, finanziert ihm daraufhin eine Mittelmeerreise. In Rom knüpft er an seine Bildhauerkarriere an, scheitert jedoch abermals. Er erkrankt an Typhus, bricht schließlich seine Reise ab und besucht im Sommer und

Herbst 1884 die Zeichenklasse der Königlichen Akademie in Dresden; auch diese Ausbildung ist zum Scheitern verurteilt. Anschließend studiert er in Berlin mehr schlecht als recht Geschichte, doch auch dieses Projekt bricht er ab.

Hauptmann gründet eine Familie

Schließlich heiratet er am 5. Mai 1885 seine Verlobte, wodurch er finanziell abgesichert ist. Allerdings steht es um seine Gesundheit nicht gut, und deshalb zieht das Ehepaar für vier Jahre aufs Land vor die Tore Berlins, nach Erkner. Dort kommen auch ihre beiden Söhne Ivo (1886) und Eckart (1887) zur Welt, in Berlin wird 1889 Klaus geboren.

Auf Spaziergängen erholt er sich zunehmend und kommt dabei rund um Erkner mit vielen Menschen ins Gespräch. Er lernt den Förster kennen, einfache Arbeiter, Hausfrauen und Streckenarbeiter – Begegnungen, die er teilweise schriftlich dokumentiert. Später werden diese Erfahrungen in sein Werk einfließen, auch in den *Bahnwärter Thiel.*

Literarische Arbeit – *Bahnwärter Thiel*

Allmählich verbessert sich seine Gesundheit, und er findet Muße, sich literarisch zu betätigen. Der Kontakt zu Berlin bleibt erhalten, immer wieder besucht er in der Stadt Freunde und nimmt am literarischen Leben teil. Er schließt sich dem Kreis der Frühnaturalisten an: Arno Holz, Johannes Schlaf, Carl Bleibtreu und die Brüder Heinrich und Julius Hart spielen mit ihrem literarischen Verein *Durch* eine maßgebliche Rolle. Sie diskutieren neue ästhetische Programme, vor allem den Naturalismus, der in Frankreich seine Wurzeln hat.

Abb. 6: Gerhart Hauptmanns Geburtshaus

1887 schrieb der junge Hauptmann den *Bahnwärter Thiel*. Das Eisenbahn-Motiv hat er schon vorher lyrisch verarbeitet, so zum Beispiel in seinem Gedicht *Im Nachtzug*. »Die Verknüpfung von Landschaftswahrnehmung, mythischen Phantasiewelten und Eisenbahn-Motivik«[23] hatte er dort getestet. Die sechste der 17 Strophen verdeutlicht das anschaulich:

»Rauchwolken verhüllen das dämmernde Bild
und schlingen weißwogende Reigen.
Doch unter mir stampft es und schmettert es wild,
und unter mir will es nicht schweigen.

23 Sprengel (Anm. 15), S. 135.

Es klingt wie ein Ächzen, es rieselt wie Schweiß,
als schleppten Zyklopen hin über das Gleis
den Zug auf ehernen Armen.
Und wie ich noch lausche, beklommen und bang,
da wird aus dem Chaos ein Donnergesang,
zum Grauen zugleich und Erbarmen.«[24]

Außerdem gibt Hauptmann das Programm für den *Bahnwärter Thiel* in diesem Gedicht vor:

»Willst lernen, Poetlein, das heilige Lied,
so lausche dem Rasseln der Schienen,
so meide das schläfrige, tändelnde Ried
und folge dem Gang der Maschinen;
beachte den Funken im singenden Draht,
des Schiffes schwindelnden Wolkenpfad,
und weiter, o beuge dich nieder
zum Herzen der Armen, mitleidig und mild,
und was es dir zitternd und weinend enthüllt,
ersteh' es in Tönen dir wieder!«[25]

In den ersten Monaten des Jahres 1887 setzt er im *Bahnwärter Thiel* das geforderte Programm um, er präsentiert auf glänzende Weise die Eisenbahn-Motive, beschreibt die Natur und schildert das Schicksal »der Armen«, eben des Bahnwärters und seiner Familie. Die »Novellistische Studie« wird 1888 veröffentlicht.

24 Hauptmann (Anm. 12), S. 55.
25 Ebenda, S. 56.

Erfolgreicher Autor

Der literarische Durchbruch gelingt Hauptmann ein Jahr nach seiner erfolgreichen Novelle vollends mit dem naturalistischen Drama *Vor Sonnenaufgang*. Die Uraufführung am 20. Oktober 1889 in Berlin löste einen Skandal aus, weil das zumeist bürgerliche Publikum durch die freizügige Darstellung von Alkoholismus und Sexualität irritiert und schockiert war. Mit diesem Stück verhilft Hauptmann dem Naturalismus, und damit der literarischen Moderne, auch auf der Bühne zum Durchbruch. In den folgenden Jahren entstehen unter anderem die Familiendramen *Das Friedensfest* (1890) und *Einsame Menschen* (1891). 1893 wird die Diebeskomödie *Der Biberpelz* in Berlin uraufgeführt. Die bedeutendste Leistung dieser Jahre ist aber das soziale Drama *Die Weber* (1893). Es ist ein naturalistisches Stück, in dem Hauptmann die katastrophalen ökonomischen und sozialen Lebensbedingungen der schlesischen Weber und deren historischen Aufstand von 1844 schildert. Das Drama erhielt zunächst Aufführungsverbot, weil es indirekt auch die Regierung kritisierte. 1893 wurde das Aufführungsverbot für das »Deutsche Theater« in Berlin aufgehoben, woraufhin Kaiser Wilhelm II. aus Protest seine Theaterloge kündigte.

Hauptmann ist trotz der *Weber* weiterhin kein konsequenter Vertreter des Naturalismus, was er auch im *Bahnwärter Thiel* gezeigt hat. Immer wieder macht er Anleihen bei anderen literarischen Traditionen, so etwa in seinem damals sehr erfolgreichen Drama *Die versunkene Glocke – Ein deutsches Märchendrama*

(1896). Neben naturalistischen finden sich hier auch mythisch-allegorische Elemente.

Wechselhaftes Privatleben

Parallel zu seinen künstlerischen Erfolgen und auch Fehlschlägen verläuft sein Privatleben ebenso wechselhaft. Hauptmann verliebt sich in den 90er Jahren in Margarete Marschalk, 1900 wird ihr unehelicher Sohn Benvenuto geboren. 1904 lässt er sich von seiner ersten Ehefrau scheiden und heiratet im gleichen Jahr seine Geliebte.

Literarisches Werk und Nobelpreis

1908 erscheint Hauptmanns Reisetagebuch *Griechischer Frühling*. Mit diesem umfangreichen Prosawerk wendet er sich, nachdem er mehrere Misserfolge auf der Bühne einstecken musste, verstärkt dem Erzählen zu, wobei festzuhalten bleibt, dass in Hauptmanns Gesamtwerk die Dramen dominieren: insgesamt 52 Stücke. 1910 erscheint sein Roman *Der Narr in Christo Emanuel Quint* und 1912 der Roman *Atlantis*. 1911 wird eines seiner berühmtesten Dramen, *Die Ratten*, uraufgeführt. 1912 wird Hauptmann, der inzwischen schon mehrere Auszeichnungen für sein Werk erhalten hat, mit dem Nobelpreis ausgezeichnet.

Erster Weltkrieg

Während des Ersten Weltkrieges befürwortet Hauptmann, wie viele andere Künstler und Intellektuelle in Deutschland, den Krieg und solidarisiert sich mit den Soldaten und dem Kaiser, der zeitlebens nichts von seinem Werk hielt. Hauptmann schreibt Kriegsgedichte und Zeitungsartikel, in denen er das deutsche Vormachtstreben unterstützt.

Nach dem Ersten Weltkrieg wird Hauptmann als

Abb. 7: Gerhart Hauptmann im Jahr 1893
© bpk/Handschriftenabteilung, Staatsbibliothek zu Berlin – Preußischer Kulturbesitz / Wilhelm Fechner

Hauptmann, der Nationaldichter

Nationaldichter verehrt, auch, weil er sich zunächst vorbehaltlos zur Weimarer Republik bekennt. Reichspräsident Friedrich Ebert hebt 1922 zu Hauptmanns 60. Geburtstag seine Bedeutung auf einer der vielen Feierlichkeiten hervor: »Mit der Ehrung Gerhart Hauptmanns ehrt das deutsche Volk sich selbst«.[26]

1922 erscheint zu seinem 60. Geburtstag eine zwölfbändige Gesamtausgabe seiner Werke. Doch kann er seit der Erzählung *Der Ketzer von Soana* (1918) über ein Jahrzehnt lang keinen bedeutenden Erfolg mehr vorweisen.

Erst 1932, Hauptmann feiert inzwischen seinen 70. Geburtstag, lässt er das Publikum mit dem Drama *Vor Sonnenuntergang* aufhorchen. Im selben Jahr wird Goethes 100. Todestag gewürdigt, und Hauptmann ist stolz darauf, dass beide Festlichkeiten ineinander übergehen. Selbstbewusst definiert er sich als Nachfolger Goethes. Er ahmt den Dichterfürsten sogar äußerlich nach, entsprechend verändert er Haltung und Frisur, was ihm viel Spott einbringt. 1932 berichtet die Satirezeitschrift *Simplicissimus* von der Aufführung des Goetheschen *Clavigo*: »Wie man hört, war bei der Neuaufführung von *Clavigo* der Autor selbst anwesend, allerdings in Ermangelung des Verstorbenen in Gestalt Gerhart Hauptmanns. Das Publikum im Kurfürstendammtheater bemerkte den kleinen Betrug nicht«.[27] 1937 erscheint seine Autobio-

26 Zitiert nach: Friedhelm Marx, *Gerhart Hauptmann*, Stuttgart 1998, S. 30.
27 Zitiert nach: Ebenda, S. 34.

grafie *Das Abenteuer meiner Jugend*, wobei ihm Goethes Biografie *Dichtung und Wahrheit* als Vorbild diente.

Hauptmann und der Nationalsozialismus

1933 gerät Hauptmann bei vielen in Verruf, weil er sich nicht gegen die neuen Machthaber erklärt. Im Gegenteil, er unterstützt die Nationalsozialisten, schreibt für die Führung und das Volk Zeitungsartikel und hält entsprechende Reden. Bei den Reichstagswahlen 1936 votiert er öffentlich für Hitler. Zu seinem 80. Geburtstag 1942 bedankt er sich bei Hitler als dem »Sternenschicksalsträger des Deutschtums«.[28] Dennoch wird Hauptmann von den Nationalsozialisten weniger wegen seines Werkes geduldet, das ihnen zu gesellschaftskritisch ist, vielmehr instrumentalisiert die nationalsozialistische Propaganda ihn zu einem der großen Dichter der Nation.

Hauptmann übernahm das nationalsozialistische Gedankengut nicht in sein Werk, und das lässt vermuten, dass er sich innerlich vom Dritten Reich distanzierte, nicht aber die Kraft besaß, sich öffentlich gegen das Regime zu äußern. Bestätigt wird diese Vermutung durch die 1937 entstandene Totenklage *Finsternisse*, die er im Andenken an seinen jüdischen Freund Max Pinkus verfasste. In diesem Requiem distanziert sich Hauptmann klagend, nicht aber kritisch reflektierend von der Rassenideologie der Nationalsozialisten; auch veröffentlicht er diesen Text nicht, erst 1947 erschien er postum in Amerika.

28 Zitiert nach: Marx (Anm. 26), S. 36.

Seine Werke werden im Alter zunehmend pessimistischer, wie die seit 1940 entstehende *Atriden-Tetralogie*. Die vier Dramen sind auch als kritische Reaktion auf die Herrschaft der Nationalsozialisten zu verstehen.

Gerhart Hauptmann stirbt am 6. Juni 1946 in seinem Haus in Agnetendorf.

8. Rezeption

Bahnwärter Thiel gehört bis in die Gegenwart hinein zum Kanon der Schullektüre. Zu Recht stellt Fritz Martini 1988 fest: »Gerhart Hauptmanns *Bahnwärter Thiel* (1888) und der von Arno Holz und Johannes Schlaf gemeinsam verfaßte *Papa Hamlet* (1889) sind – darin sind Forschung und Kritik einig – die einzigen Prosaleistungen, die, in der Phase des deutschen Naturalismus geschrieben, die die sogenannte Moderne einleitet, wegen ihres künstlerischen Ranges, ihrer historischen Symptomatik und ihrer Initialfunktion noch immer wissenschaftlicher und didaktischer Beachtung wert sind.«[29]

Erste Kritiken zum *Bahnwärter Thiel*

Über die ersten Reaktionen zu *Bahnwärter Thiel* berichtet Michael Georg Conrad, der 1888 Hauptmanns Erzählung in der Zeitschrift *Die Gesellschaft* veröffentlichte: »Aus dem Leserkreise erhielt ich bald begeisterte Zuschriften: Man habe seit Zola keine bessere Novelle in Deutschland gelesen. Die Technik des Vortrages sei verblüffend.«[30] Die Begeisterung des Lesepublikums erklärt sich unter anderem, weil Hauptmann an Zolas naturalistische Vorgaben anknüpfte. Er beschreibt ein Kleinbürgermilieu, »wie es

29 Fritz Martini, »Der kleine Thiel und der große Thienwiebel. Das Erzählen auf der Schwelle zur Moderne«, in: *Der Deutschunterricht* 40 (1988), H. 2, S. 65.

30 Zitiert nach: Volker Neuhaus, *Erläuterungen und Dokumente. Gerhart Hauptmann, »Bahnwärter Thiel«*, Stuttgart 2010, S. 34.

die Naturalisten als literarisches Sujet gegen die herkömmlichen Stoffe durchzusetzen versuchten.«[31] Auch Hauptmanns präzise Beschreibung der Krankengeschichte Thiels ist »von den deterministischen Verfallsstudien Emile Zolas inspiriert.«[32]

Mehr als ein naturalistischer Text

Bahnwärter Thiel ist jedoch, wie schon gesagt, kein rein naturalistischer Text: »Die symbolische Grundierung der Novelle und ihr sorgfältig ausbalanciertes Spektrum von Gegensätzen sprechen für einen künstlerischen Gestaltungswillen, der sich mit den poetologischen Vorgaben des Naturalismus nicht vereinbaren läßt.«[33] Neben naturalistischen Zügen findet der Leser in der Novelle realistische, symbolische, expressionistische und impressionistische Sequenzen. Aufgrund dieser Vielfalt ästhetischer Stilmerkmale kann es nicht verwundern, dass der *Bahnwärter Thiel* von den Lesern sehr unterschiedlich verstanden wurde und wird.

Vielfältige Kritikerstimmen

Lassen wir ein paar Stimmen zu Wort kommen.

Hauptmanns Zeitgenosse Ludwig Goldstein-Königsberg erinnert sich pathetisch nach 33 Jahren an seine ersten Leseeindrücke: »Hier sang einer ›das Lied, das finster und doch so schön, das Lied von unserm Jahrhundert‹ … Aber man fühlte gleich: nicht die äußerliche Schilderung, nicht das Tatsächliche und Technische war entscheidend, nicht die Umwelt, sondern die *innere* Welt des Dichters […]. Die Erzäh-

31 Marx (Anm. 26), S. 272.
32 Ebenda, S. 272.
33 Ebenda, S. 273.

lung ist zu Ende, kraß und blutig, aber Zug um Zug Schöpfung eines Sehers, eines neuen Menschenkünders.«[34]

Felix Hollaender, ein Zeitgenosse Hauptmanns, war ebenfalls vom Text begeistert. Er besprach 1892 die erste Buchausgabe, die bei S. Fischer erschien: »Im knappen Rahmen dieser Novelle beherrscht er [Hauptmann] den ganzen Apparat Zola'scher Kunstmittel, und er beherrscht ihn mit einer Tiefe, die erstaunlich – mit einer künstlerischen Sicherheit, die, wenn man an den Zeitpunkt des Entstehens denkt, kaum faßlich ist.«[35] Hollaender bestimmt die Novelle als naturalistische, er erkennt nicht, wie viele andere Leser übrigens auch, dass Hauptmanns Text über den Naturalismus hinausgeht.

Sozialistische Lesart

Sozialistische Autoren kritisieren dagegen den *Bahnwärter Thiel.* So schreibt zum Beispiel Eduard Bernstein 1893 eine Rezension für die Zeitschrift *Die Neue Zeit. Wochenschrift der deutschen Sozialdemokratie.* Er fragt sich, warum Hauptmann »mit so großer Vorliebe immer und immer wieder sich auf die Schilderung kranker Seelen und seelischer Erkrankungen verlegt, mit Vorliebe Schwächlinge oder dem Wahnsinn nahe […] sich befindende Persönlichkeiten schildert? Bietet unser Zeitalter wirklich nichts, was der Aufgabe eines Dichters würdiger wäre – zumal eines Dichters, der in dem größten Kampf der Epoche auf der Seite der Kämpfer für eine neue Gesellschaft

34 Zitiert nach: Neuhaus (Anm. 30), S. 35 f.
35 Zitiert nach: Ebenda, S. 38.

steht? Dieser große Kampf, der täglich sich hoffnungsvoller gestaltet, und dieser pessimistische Zug – in welch krassem Gegensatz stehen sie zu einander.«[36] Bernstein ist besorgt, weil die Novelle keinen Vorbildcharakter im sozialistischen Sinn besitzt. Er plädiert dafür, dass Schriftsteller sich in den Dienst der sozialistischen Welterneuerung stellen. In dieses Bild passen keine kranken und schwachen Menschen, gefordert sind vielmehr starke Persönlichkeiten, die die gesellschaftlichen Veränderungen couragiert vorantreiben.

Biografische und lokale Aspekte

Literaturwissenschaftler, die sich vor dem Zweiten Weltkrieg mit dem *Bahnwärter Thiel* auseinandersetzten, beschäftigten sich vor allem mit den biografischen und lokalen Hintergründen des Textes. So recherchierte der Literaturhistoriker Max Herrmann mit seinen Studenten vor Ort, sie suchten anhand der Novelle den vermeintlichen Tatort. Eberhard von Wiese beschreibt dieses Unterfangen 1930 in den *Breslauer Neuesten Nachrichten* ironisch: »den Kartenplan in der Hand, die Novelle in der Tasche, so schreiten hundert junge Menschen auf den Spuren einer Katastrophe. Diese Bodenwelle, sie steht auf Seite X verzeichnet, diese feuchte Wiese quatscht noch heute unter den Füßen und die alte Spree ist auch noch da. […] Die kleine Bude mit den schmalen Fenstern, das Stückchen Ackerland, das war Thiels Revier vor 40 Jahren und liegt noch heute da unbe-

36 Zitiert nach: Neuhaus (Anm. 30), S. 42.

rührt, so will es scheinen.«[37] Die Recherchen von Herrmanns Studenten sind zum Scheitern verurteilt, weil ein literarischer Text immer auch ein fiktionaler ist und der Autor sich damit von realen Schauplätzen distanziert.

Nach dem Zweiten Weltkrieg beschäftigte sich die Forschung bis in die Gegenwart hinein vor allem mit textanalytischen Interpretationen. 1954 deutet Fritz Martini den *Bahnwärter Thiel* unter anderem existenzialistisch: »In seinem inneren Kampf und Schicksal zwischen dem Spirituellen und dem Triebhaft-Vitalen, zwischen Sehnsucht und Gefangenschaft, ist der dauernde Grundkonflikt des Hauptmannschen Menschen vorgeformt [...]. Er ist nichts als dieser arme einsame Bahnwärter, und er bedeutet dennoch mit innerer Weite die Schicksalsfigur des Menschen überhaupt. Derart erhält seine Gestalt die innere Lebensfülle, die stellvertretend menschliche Existenz repräsentiert; in ihm spielt sich, ihm unbewußt, das Urdrama des Daseins ab.«[38]

Textorientiere Analysen

Laut Martini steht Thiel stellvertretend für das moderne Individuum, das vergeblich nach einer stabilen und widerspruchsfreien Identität strebt. Auch hieraus erklärt sich der Erfolg der Novelle. Bis in das 21. Jahrhundert hinein findet der Leser immer wieder aktuelle Bezüge in ihr.

37 Eberhard von Wiese, »Lokaltermin in Sachen Gerhart Hauptmann«, in: *Breslauer Neueste Nachrichten*, 24.1.1930, 43. Jg., Nr. 23.
38 Martini (Anm. 17), S. 64 f.

Abb. 8: Titelbild der DDR-Verfilmung von Hans-Joachim Kasprzik (1982) – © DRA / Herbert Kroiß (2 ×), Klaus Goldmann Erschienen bei Studio Hamburg Enterprises

Auch Filmregisseure rezipierten auf ihre Art die »Novellistische Studie«. Im März 1968 strahlte das ZDF die erste Verfilmung des *Bahnwärter Thiel* aus. Eine Erzählerstimme dokumentiert das Geschehen, indem sie Sequenzen aus der Novelle wörtlich zitiert, sodass es keine allzu großen Differenzen zwischen Film und Textvorlage gibt.

Verfilmungen

1982 wurde eine DDR-Verfilmung gesendet: *Bahnwärter Thiel. Eine Filmerzählung.* Auch hier tritt ein Erzähler auf, er ist allerdings nicht so dominant wie in der westdeutschen Fassung. Diese Verfilmung gilt im Unterschied zur ersten als künstlerisch anspruchsvoller.

9. Prüfungsaufgaben mit Lösungshinweisen

Aufgabe 1

Charakterisieren Sie die Figur des Bahnwärters Thiel.

Lösungshinweise

- Thiel, dessen Vorname ungenannt bleibt, gehört dem Kleinbürgertum an.
- Im Widerspruch zu seiner kräftigen Gestalt stehen seine Willensschwäche und seine Passivität, die beide sein Verhalten maßgeblich dominieren.
- Er ist gewissenhaft und pflichtbewusst; seinen Dienst verrichtet er ruhig, pedantisch und mechanisch.
- Innerhalb von zehn Jahren war er lediglich zweimal krank, weil er von einem Stück Kohle und einer Weinflasche, die vom Zug fielen, verletzt wurde.
- Er ist ein eifriger und gottesfürchtiger Kirchgänger.
- Thiel wird als phlegmatisch und eigenbrödlerisch beschrieben; er beschränkt den Kontakt zu seinen Mitbürgern, trotz sonntäglichem Kirchgang, auf ein Minimum. Er wechselt lediglich mit dem Förster, seinem Hilfswärter oder den Bahn- und Telegraphenarbeitern ab und zu wenige Worte.
- Seine erste Ehe geht er mit der schwächlichen und kränklichen Minna ein. Nach der Geburt ihres gemeinsamen Sohnes Tobias stirbt die Mutter im Wochenbett.

- Nur ein Jahr nach dem Tod seiner Frau heiratet Thiel Lene. Zu ihr fühlt er sich rein körperlich hingezogen, erhofft sich aber auch von ihr, dass sie seinen Sohn Tobias großzieht und ihren häuslichen Verpflichtungen als Ehefrau nachkommt.
- Er ist von Lene sexuell abhängig und ordnet sich ihr unter, deshalb verweigert er zuweilen seinem hilfsbedürftigen Sohn seine Unterstützung.
- Als Lene einen Sohn, der im Text nie mit Namen genannt wird, zur Welt bringt, entwickelt Thiel keine väterlichen Gefühle für ihn.
- Das Bahnwärterhäuschen wird zu seinem Rückzugs- und Fluchtort, an dem er den Erinnerungen an seine erste Frau Minna nachhängt und sie religiös verklärt. Da dieser Ort für ihn auch etwas Mythisches hat und nahezu heilig ist, möchte er verhindern, dass seine zweite Frau Lene diesen Ort betritt. So führt er eine Doppelexistenz:
  1. Die Ehe mit Lene rund um sein Wohnhaus.
  2. Die vermeintlich religiöse Verehrung Minnas im Wärterhäuschen.
- Als er jedoch ein Stück Acker in unmittelbarer Nähe zu seinem Bahnwärterhäuschen angeboten bekommt und Lene ihn deshalb zur Arbeit begleitet, um auf dem Feld zu arbeiten, wird seine Abneigung gegen sie immer weiter geschürt, weil sie seine Doppelexistenz lebensbedrohlich gefährdet.
- In seinen traumähnlichen Vorstellungen sieht er Minna, die mit einem blutigen Bündel vor ihm davonläuft. Er erahnt das Unheil, das auf ihn zukommen wird.

- Als Tobias durch die unterlassene Aufsichtspflicht Lenes von einem Zug erfasst und tödlich verletzt wird, ermordet Thiel, der durch diesen Verlust wahninnig geworden ist, Lene und ihren gemeinsamen Säugling.

Aufgabe 2

Erarbeiten Sie die Unterschiede zwischen Minna und Lene und analysieren Sie Thiels Beziehung zu den beiden Frauen.

Lösungshinweise

- Thiel heiratet Minna in erster Ehe. Sie ist schmächtig und kränklich und passt äußerlich nicht zu dem kräftigen Bahnwärter.
- Nach dem Tod von Minna heiratet Thiel erneut. Lene ist äußerlich das komplette Gegenteil von Minna, daher passt die dicke und starke Frau zumindest optisch besser zu dem Bahnwärter als Minna: »Sie war kaum einen halben Kopf kleiner als er und übertraf ihn an Gliederfülle. Auch war ihr Gesicht ganz so grob geschnitten wie das seine, nur dass ihm im Gegensatz zu dem des Wärters die Seele abging.« (S. 5)
- Thiel war zwei Jahre lang mit Minna verheiratet. Der kurze Absatz (S. 3), in dem ihre Ehe beschrieben wird, lässt vermuten, dass sie glücklich miteinander waren. Minna empfängt von Thiel einen Sohn, den sie Tobi-

as taufen, und sie begleitet Thiel als seine Partnerin zu den allsonntäglichen Gottesdiensten in der Kirche.

- Im Gegensatz zu Minna herrscht Lene über Thiel und unterdrückt ihn. Auch sie bringt einen Sohn zur Welt, den Namen erfährt der Leser nicht. Lene, die für ihre Zank- und Herrschsucht bekannt ist, wird von den übrigen Ehemännern als »Tier« (S. 5) bezeichnet, das Thiel bändigen sollte. Aber dafür ist er zu phlegmatisch und feige.
- Obwohl der Leser über Minnas Innenleben nichts erfährt, ist es offensichtlich, dass Thiel auch nach ihrem Tod geistig-visionär mit ihr in Einklang steht. In ihr scheint er eine ebenbürtige Partnerin zu sehen, die Verständnis für ihn hat, auch über ihren Tod hinaus. Nicht umsonst widmet er ihr seinen Arbeitsplatz als religiöse Gedenkstätte.
- Mit Lene kann Thiel auf geistiger Ebene nichts anfangen, denn sie ist ein grobschlächtiger Mensch, dem die Seele abgeht. Lene wird auch als maschinenartiges Wesen beschrieben. Als sie den Acker umgräbt, geschieht dies mit der »Ausdauer einer Maschine« (S. 29).
- Lene misshandelt Tobias; als Thiel eines Tages Zeuge einer Züchtigung wird, hilft er dem Knaben nicht, weil ihn seine Frau kurz darauf sexuell erregt (S. 17).
- Als Minna sich in seinem Traum – mit einem blutverschmierten Bündel im Arm – von ihm abwendet und vor ihm davonläuft, verschärft sich Thiels existenzielle Krise.
- Seine Abneigung gegen Lene wird immer intensiver: »Er wusste kaum, warum, aber die Aussicht, Lene gan-

ze Tage lang bei sich im Dienst zu haben, wurde ihm, sosehr er auch versuchte, sich damit zu versöhnen, immer unerträglicher.« (S. 21)

- Da Lene für den grausamen Tod Tobias' verantwortlich ist, tötet Thiel sie.

Aufgabe 3

Analysieren Sie das Verhältnis zwischen Thiel und seinem Sohn Tobias.

Lösungshinweise

- Tobias, der aus der Ehe zwischen Thiel und seiner ersten Frau Minna hervorgegangen ist, wird als unterentwickelter, sprachlich zurückgebliebener Junge mit brandroten Haaren, einem bleichen Gesicht und einer erbarmungswürdigen Gestalt beschrieben.
- Für Tobias ist sein Vater die einzige Bezugsperson. Von seiner Stiefmutter wird er misshandelt, benachteiligt und beschimpft.
- Thiel schenkt ihm zuweilen seine Liebe und geht zärtlich mit ihm um. – Stolz macht Thiel der naiv-kindliche Berufswunsch seines Sohnes: »›Ein Bahnmeister.‹« (S. 11)
- Wenn Thiel fürsorglich mit seinem Sohn umgeht, steigert das Lenes Eifersucht. Sie schikaniert den wehrlosen Jungen dann noch schlimmer.

- Als Thiel eines Tages durch Zufall mitbekommt, wie Lene Tobias misshandelt, verletzt ihn das zutiefst. Aber er schafft es nicht, ihn zu beschützen. Thiel lässt sich stattdessen von der prallen und erotischen Körperlichkeit Lenes besänftigen und gibt klein bei.
- Trotzdem scheint die Liebe des Jungen ungebremst. Für ihn ist es das größte Glück, seinen Vater an dem Tag, an dem er ums Leben kommt, zur Arbeit zu begleiten.
- Die pseudoreligiöse Verbundenheit mit Minna verführt Thiel zu Tagträumerei und Visionen. So auch in dem Traum, in dem er Minna sieht, wie sie ein blutiges Bündel vor ihm davonträgt. Er ahnt das Schicksal, was seinem Sohn bevorsteht.
- Als das Unglück am darauffolgenden Tag tatsächlich geschieht, versetzt das Thiel in eine Art Trance. Wie von Sinnen verrichtet er seinen Bahnwärter-Dienst. Als er erfährt, dass Tobias tot ist, denkt er an Rache: »›Du – hörst du – bleib doch – du – hör doch – bleib – gib ihn wieder – er ist braun und blau geschlagen – ja ja – gut – ich will sie wieder braun und blau schlagen – hörst du? bleib doch – gib ihn mir wieder.‹« (S. 36) Thiel wird wahnsinnig und ermordet Lene und ihren gemeinsamen Sohn.

Aufgabe 4

Bahnwärter Thiel zählt zu den bedeutendsten Werken des Naturalismus. Welche Merkmale dieser literarischen Strömung weist die »Novellistische Studie« auf?

Lösungshinweise

- Auf formaler Ebene erfüllt der *Bahnwärter Thiel* typische Merkmale des Naturalismus. In den Dialogen bzw. Monologen werden häufig Ellipsen verwendet, die ein Hinweis für den naturalistischen Sekundenstil sind. Ein Beispiel: »›Meinen Buben willst du schlagen, was? Du elende Göre unterstehst dich, das arme, hilflose Kind aufs Maul zu schlagen? – wie? – he, wie? – Ich will mich nur nicht dreckig machen an dir, sonst –...‹« (S. 16).
- Der Naturalismus beschreibt auch die sozialen und familiären Probleme der unteren Bevölkerungsschichten. Seine Autoren schildern die Elendsquartiere der Städte, die Fabriken und Kneipen, Dirnen, Alkoholiker und Geisteskranke. Als Bahnwärter gehört Thiel mit seiner Familie dem Kleinbürgermilieu an; der Erzähler beschreibt Thiels Werdegang vom braven Bahnwärter bis hin zum wahnsinnig gewordenen Doppelmörder. Mit ihren Werken wollten die Naturalisten die Leser über die erbärmliche Lebensweise mancher Mitbürger aufklären, in der Hoffnung, dass sich die Verhältnisse ändern könnten.

- Die Umgangssprache von Lene und ihrem Ehemann wird naturalistisch und authentisch wiedergegeben: »›Was, du unbarmherziger, herzloser Schuft! soll sich das elende Wurm die Plautze ausschreien vor Hunger? – wie? – na, wart nur, wart, ich will dich lehren aufpassen! – du sollst dran denken.‹« (S. 15)
- Um ihre Gesellschaftskritik glaubhaft zu vermitteln, verzichteten die naturalistischen Autoren auf moralische Wertungen: Die Leser sollten allein durch objektives und vorurteilsfreies Erzählen zu einem eigenständigen Urteil gelangen. Der auktoriale Erzähler des *Bahnwärter Thiel* formuliert keine moralische Bewertung rund um die Familientragödie.
- Arno Holz' Kunstformel für den Naturalismus lautet: »Kunst = Natur – x«. Das naturalistische Kunstwerk soll die Natur, und damit auch die gesellschaftliche Realität, deckungsgleich wiedergeben. Das gelingt dem Erzähler des *Bahnwärter Thiels* über weite Strecken, es gibt aber Ausnahmen, wenn zum Beispiel die Natur, die Bahnschienen und die Lokomotiven metaphorisch überhöht dargestellt werden.

10. Literaturhinweise / Medienempfehlungen

Wer sich einen Überblick über die umfangreiche Forschungsliteratur zum *Bahnwärter Thiel* verschaffen möchte, dem sei die folgende Bibliografie empfohlen:

Hoefert, Sigfrid: Internationale Bibliographie zum Werk Gerhart Hauptmanns. Bd. 4. Berlin 2012.

Textausgabe

Die Erstausgabe des *Bahnwärter Thiel* erschien 1888. In dem vorliegenden Band wird nach der folgenden Reclam-Ausgabe zitiert:

Hauptmann, Gerhart: Bahnwärter Thiel. Novellistische Studie. Hrsg. von Max Kämper. Stuttgart: Reclam, 2017 [u. ö.]. (Reclam XL. Text und Kontext. 19154.)

Zum Werk

Hildebrandt, Klaus / Rohlfs, Stefan (Hrsg.): Gerhart Hauptmann – Neue Studien zu seinem Werk. Berlin 2014.

Marx, Friedhelm: Gerhart Hauptmann. Stuttgart 1998. (Reclams Universal-Bibliothek. 17608.)

Payrhuber, Franz-Josef: Literaturwissen für Schule und Studium: Gerhart Hauptmann. Stuttgart 1998.

Zur Biografie des Autors

Sprengel, Peter: Gerhart Hauptmann. Bürgerlichkeit und großer Traum. München 2012.

Tank, Kurt Lothar: Gerhart Hauptmann. Reinbek bei Hamburg [28]2006.

Sekundärliteratur zum Bahnwärter Thiel

Fischer, Heinz: Lenz. Woyzeck. Thiel: Spiegelungen der Werke Georg Büchners in Gerhart Hauptmanns *Bahnwärter Thiel.* In: H. F.: Georg Büchner. Untersuchungen und Marginalien. Bonn [2]1975. S. 41–61.

Freund, Winfried: Novelle. Stuttgart 2009.

Hahn, Walter: Zur Zeitstruktur in Gerhart Hauptmanns *Bahnwärter Thiel.* In: Carleton Germanic Papers 10 (1982) S. 35–49.

Mahal, Günther: Experiment zwischen Geleisen. Gerhart Hauptmann: *Bahnwärter Thiel* (1888). In: Deutsche Novellen. Von der Klassik bis zur Gegenwart. Hrsg. von Winfried Freund. München 1993. S. 199–219.

Martini, Fritz: *Bahnwärter Thiel.* In: F. M.: Das Wagnis der Sprache. Interpretation deutscher Prosa von Nietzsche bis Benn. Stuttgart [8]1993. S. 56–98.

Martini, Fritz: Der kleine Thiel und der große Thienwiebel. Das Erzählen auf der Schwelle zur Moderne. In: Der Deutschunterricht 40 (1988) H. 2. S. 65–76.

Merkl, Helmut: Über die Ordnungsliebe des Kleinmütigen in Gerhart Hauptmanns *Bahnwärter Thiel.* In: Heinrich-Mann-Jahrbuch 6 (1988) S. 88–100.

Neuhaus, Volker: Erläuterungen und Dokumente: Gerhart Hauptmann: *Bahnwärter Thiel.* Stuttgart 2010.

Scheuer, Helmut: Gerhart Hauptmann: *Bahnwärter Thiel.* In: Interpretationen: Erzählungen und Novellen des 19. Jahrhunderts. Bd. 2. Stuttgart 2008. S. 371–426.

Filmempfehlung

Bahnwärter Thiel. Eine Filmerzählung. DDR, 1982. Regie: Hans-Joachim Kasprzik. Laufzeit: 72 Min. Textnahe Verfilmung, die auf Youtube in voller Länge angeboten wird.

11. Zentrale Begriffe und Definitionen

Auktorialer Erzähler (allwissender Erzähler): Der Erzähler überschaut souverän das gesamte Geschehen im *Bahnwärter Thiel*, die Vergangenheit, Gegenwart und Zukunft. Er ist allwissend, d. h. er hat den Figuren der Studie und dem Leser gegenüber einen Wissensvorsprung. Er kommentiert die Handlung und setzt ➤ Vorausdeutungen ein. Nur an wenigen Stellen des *Bahnwärter Thiel* schweigt der auktoriale Erzähler und der sogenannte ➤ Bewusstseinsstrom kommt zu Wort.

➤ S. 11, 28

Bewusstseinsstrom (Stream of consciousness): eine Erzähltechnik, welche die Bewusstseinsinhalte einer Figur unverändert wiedergibt. Der Satzbau ist daher oft unstrukturiert und assoziativ.

Ein Beispiel: »›Du, Minna, hörst du? – gib ihn wieder – ich will… ‹ Er tastete in die Luft, wie um jemand festzuhalten.[39] ›Weibchen – ja – und da will ich sie… und da will ich sie auch schlagen – braun und blau – auch schlagen – und da will ich mit dem Beil – siehst du? – Küchenbeil – mit dem Küchenbeil will ich sie schlagen, und da wird sie verrecken. Und da… ja mit dem Beil – Küchenbeil, ja – schwarzes Blut! ‹« (S. 37)

➤ S. 28, 48

Dingsymbol: ein Gegenstand, ein Tier oder eine Pflanze als zentrales Motiv einer ➤ Novelle oder Ballade. Das Dingsymbol, im *Bahnwärter Thiel* die Lokomotive und

39 Dieser Satz stammt vom auktorialen Erzähler: »Er tastete […].«

die Bahnschienen, taucht an zentralen Stellen der Handlung auf und thematisiert Kernprobleme.

Nach Benno von Wiese ist die Eisenbahnstrecke das zentrale Dingsymbol in Hauptmanns Novelle: »Einmal spiegeln sich in dieser Bahnstrecke die Seelenvorgänge des Bahnwärters und seine mystischen Neigungen, zweitens spiegelt sich in ihr und durch sie die ganze, weit mehr dämonische als idyllische Natur, und drittens wird sie zum Spiegel für eine zufällige ➤ Katastrophe [Zugunglück mit Tobias]«.[40]

➤ S. 32, 61

Drama: von griech. *dráma* ›Handlung‹. Zählt neben der Epik und der Lyrik zu den drei wichtigsten Gattungen der Literatur und ist für das Theater konzipiert, daher kann man es auch als Stück oder Schauspiel bezeichnen. Wesensmerkmale für ein Drama sind die Akte und Szenen, die in der Regel streng chronologisch aufeinanderfolgen. Das Drama besteht fast ausschließlich aus Dialogen, Monologen und Regieanweisungen.

Der *Bahnwärter Thiel* enthält dramatische Züge. Zu Recht hat Theodor Storm die ➤ Novelle als »Schwester des Dramas« bezeichnet.

➤ S. 32

Ellipse: von griech. *élleipsis* ›Auslassung‹; ein Satz ist unvollständig. Die Ellipse wirkt oft hektisch und affektgeladen.

Als Lene Tobias bedroht, legt ihr der ➤ auktoriale Erzähler eine Ellipse in den Mund: »›Ich will mich nur nicht dreckig machen an dir, sonst –… ‹« (S. 16).

➤ S. 88

40 Wiese (Anm. 7), S. 272.

Exposition: von lat. *expositio* ›Darstellung‹. Gemeint ist die Einführung in die Konfliktsituation eines Werks. Relevantes Wissen und Verständnisgrundlagen werden zu Beginn vermittelt.
Im klassischen ➤ Drama ist die Exposition meist der erste Akt, im *Bahnwärter Thiel* ist das erste Kapitel (S. 3–9), in dem die Vorgeschichte Thiels und dessen Konflikt erläutert werden, als Exposition zu sehen. (s. Abb. 3: Werkaufbau, ➤ S. 29)
➤ S. 28, 32

Expressionismus: von lat. *expressio* ›Ausdruck‹. Strömung der bildenden Kunst, Kultur und Literatur, die etwa Ende des 19. Jahrhunderts begann und bis etwa 1925 andauerte. Motive der Bewegung waren hauptsächlich die Kritik an der sich immer stärker ausbreitenden Industrialisierung, welche die Menschen vom Land in die Städte zwang, wo Anonymität und zuweilen elende Zustände herrschten. Merkmale des Expressionismus sind die Vernichtung alter künstlerischer Formen, das Ausbrechen aus Zwängen und die Ästhetik des Hässlichen. Der Expressionismus grenzt sich vom ➤ Naturalismus ab, weil er die bürgerliche Moral als verlogen darstellt. Expressionistische Autoren thematisieren das Weltende, die Großstadt, die Orientierungslosigkeit und die Entfremdung, die auch auf den *Bahnwärter Thiel* zutrifft.
➤ S. 46, 76

Familientragödie: Unterkategorie des ➤ Dramas, bei der die Hauptperson – hier der Bahnwärter Thiel – am Ende an ihren Konflikten scheitert, was in einer ➤ Katastrophe gipfelt. Hauptmann kannte die Familiendramen des Norwegischen Autors Henrik Ibsen, wie zum Beispiel *Nora oder Ein Puppenheim* (1879). Auch dort wird die Vaterautorität innerhalb der Familie untergraben.

➤ S. 23, 89

Katastrophe: bezeichnet in einem ➤ Drama, aber auch im *Bahnwärter Thiel*, das Ende der Handlung. Der Katastrophe vorausgegangen ist die ➤ Exposition, also der Ausgangspunkt der Handlung, der Konflikt. Darauf folgt die ansteigende Handlung, die in einem Höhepunkt, auch Peripetie genannt, gipfelt. Nach der Peripetie kommt es meistens zu einem Handlungsabfall, an dem sichtbar wird, dass das Drama in einer Katastrophe endet.

➤ S. 21, 29, 46, 59

Kleinbürgertum: Als Kleinbürger wurden ursprünglich Menschen aus der unteren Bürgerschicht bezeichnet wie etwa kleine Kaufleute, Bahnbedienstete und Handwerker. Entstanden ist der Begriff vermutlich im 18. Jahrhundert. Seine Verwendung reichte allerdings noch weit bis ins 20. Jahrhundert hinein. Bezeichnend für einen Kleinbürger war sein geringer Besitz und Bildungsstand; seine Aufstiegschancen in der Gesellschaft waren daher niedrig.

➤ S. 8 f., 32, 75 f., 88

Moderne: in der Literatur die Zeit um 1900. Allerdings ist der Begriff unscharf und uneinheitlich. Gemeint ist die Abgrenzung von der überlieferten Literatur, Kunst und Musik. Aus der Moderne ist eine Vielzahl an unterschiedlichen Kunst-Bewegungen hervorgegangen: Dazu zählen der ➤ Naturalismus, Impressionismus, ➤ Expressionismus, Neue Sachlichkeit und der Symbolismus. Kennzeichnend für die Moderne ist der Wunsch der Künstler nach Individualisierung, außerdem experimentieren sie in inhaltlicher, formaler und sprachlicher Hinsicht.

➤ S. 8, 46, 75

Naturalismus: gesamteuropäische Literaturepoche zwischen 1880 und 1900, die von Frankreich (Émile Zola) ausging. Prägend für diese Bewegung war die Orientierung an den Naturwissenschaften, insbesondere der Vererbungslehre und der Evolutionstheorie. Ziel ist es, den Menschen als triebhaftes Wesen darzustellen, das zu jeder Zeit seiner Umwelt und – modern formuliert – seinen Genen unterworfen ist. Er ist das Produkt seiner biologischen Herkunft, aber gleichzeitig auch ein leidendes Individuum. Die handelnden Personen verkörpern meistens Antihelden, die unterprivilegiert sind. Den Naturalisten geht es darum, die hässliche Wirklichkeit, in der Missstände existieren und die Lebensbedingungen grenzwertig sind, objektiv zu beschreiben und soziale Spannungen zu kritisieren.

➤ S. 39, 41, 69, 76, 88 f.

Novelle: von ital. *novella* ›Neuigkeit‹. Es handelt es sich bei einer Novelle um eine kurze Erzählung in Prosa. Im Unterschied zum Roman finden wir in der Novelle in der Regel nur einen einzigen Handlungsstrang, der auf einen Höhepunkt zuläuft. Im *Bahnwärter Thiel* wird zielgerichtet über drei Kapitel hinweg der psychische und körperliche Verfall Thiels geradlinig erzählt. Zu Recht hat Theodor Storm die Novelle als »Schwester des Dramas« bezeichnet. Die Wesensmerkmale einer Novelle sind, ähnlich dem ➤ Drama, eine szenenhafte Darstellung, dialogische Elemente, das Zusteuern auf einen Höhe- und Wendepunkt und die daraus häufig resultierende ➤ Katastrophe sowie Leitmotive und ➤ Dingsymbole. Goethe definierte 1827 die Novelle als »eine sich ereignete unerhörte Begebenheit«. In der Novelle, und das versteht Goethe unter »unerhört«, wird etwas Neues und Außergewöhnliches erzählt.

Was ist das Unerhörte im *Bahnwärter Thiel*? Neu ist, dass Hauptmann am Ende des 19. Jahrhunderts den Untergang eines Kleinbürgers darstellt und dass der Familienvater Thiel seine Frau und seinen Sohn umbringt.

➤ S. 31–33

Novellistische Studie: Der Untertitel – »Novellistische Studie« – des *Bahnwärter Thiels* suggeriert, dass es sich hier um eine wissenschaftliche Fallstudie handelt, eine, die auf naturwissenschaftlicher Beobachtung beruht. Gleichzeitig betont Hauptmann, dass es sich auch um eine ➤ Novelle handelt, also um fiktionale Literatur.

➤ S. 31–34

Sekundenstil: Künstlerisches Mittel des ➤ Naturalismus. Dieser Stil strebt eine präzise Wiedergabe der Wirklichkeit durch die Symmetrie von Erzählzeit und erzählter Zeit an. Ein Beispiel aus dem *Bahnwärter Thiel*: »Der Zug wurde sichtbar – er kam näher – in unzählbaren, sich überhastenden Stößen fauchte der Dampf aus dem schwarzen Maschinenschlote. Da: ein – zwei – drei milchweiße Dampfstrahlen quollen kerzengerade empor, und gleich darauf brachte die Luft den Pfiff der Maschine getragen.« (S. 31)

➤ S. 33 f., 88

Vorausdeutung (Antizipation): Eine Erzähltechnik, die

spätere Ereignisse vorher erwähnt, zuweilen auf verschlüsselte Weise. So erinnert sich Thiel an einen Traum, in dem Minna vorkam: »Aber es war etwas, das sie mit sich trug, in Tücher gewickelt, etwas Schlaffes, Blutiges, Bleiches« (S. 24). Dieser Satz deutet das bevorstehende Zugunglück an: Minna hält Tobias' Leichnam in den Händen. Die Vorausdeutung erzeugt – dramaturgisch betrachtet – auch Spannung. Nachdem sich Minna im Traum von Thiel »losgesagt« (S. 25) hat, deutet der ➤ auktoriale Erzähler das katastrophale Ende der Studie an: «Es war, als fiele ein Blutregen vom Himmel.« (S. 25)

➤ S. 59, 62